W0213935

ars vivendi
Krimi

Jan Beinßen, Jahrgang 1965, lebt in der Nähe von Nürnberg und hat zahlreiche Kriminalromane veröffentlicht. Bei ars vivendi erschienen *Dürers Mätresse* (2005), *Sieben Zentimeter* (2006), *Hausers Bruder* (2007), *Die Meisterdiebe von Nürnberg* (2008), *Herz aus Stahl* (2009), *Das Phantom im Opernhaus* (2010), *Lebkuchen mit Bittermandel* (2011), *Die Paten vom Knoblauchsland* (2012), *Und wenn das vierte Lichtlein brennt ...* (2012), *Lokalderby* (2013), *Die Tote im Volksbad* (2013), *Görings Plan* (2014), *Die Schäufele-Verschwörung* (2014), *Sechs auf Kraut* (2015), *Tod im Tiergarten* (2016) sowie der Kurzkrimiband *Die toten Augen von Nürnberg* (2014).

Jan Beinßen

Tod auf Fränkisch

10 Kriminalgeschichten

ars vivendi

Textnachweis:
»Die Tote im Volksbad« erschien erstmals als eigenständige Publikation 2013, »Keine leisen Töne« im *Krimi-Kalender 2017* des ars vivendi verlags, »Schopenhauers schöne Bescherung« in *Glühweinopfer & Lebkuchenleichen* (2015), »Das Gebot der Stunde« in *Eine Bierleiche zum Dessert* (2016), »Wrong Number« im *Krimi-Kalender 2014* des ars vivendi verlags, »Tödlicher Segen« in *Tatort Christkindlesmarkt* (2016), »Apfel, Zimt und Todeshauch« als eigenständiger Krimi-Adventskalender 2015 und »Reif für die Insel« im *Krimi-Kalender 2016* des ars vivendi verlags. Die Geschichten »Keiner mag mich« und »Agnes und der Engel« wurden exklusiv für diese Publikation verfasst.

Originalausgabe

Erste Auflage Januar 2017
© 2017 by ars vivendi verlag
GmbH & Co. KG, Bauhof 1,
90556 Cadolzburg
Alle Rechte vorbehalten
www.arsvivendi.com

Umschlaggestaltung: FYFF, Nürnberg
Motivauswahl: ars vivendi
Coverfoto: © Francesca Schellhaas/photocase.de
Druck: CPI books GmbH, Leck

Printed in Germany

ISBN 978-3-86913-726-1

Tod auf Fränkisch

Inhalt

Die Tote im Volksbad

Die Angst schnürte ihr die Kehle zu. Sie irrte durch die verwaisten Flure des alten Verwaltungstrakts, suchte nach einem Ausweg oder einem Versteck. Dafür blieb ihr aber kaum Zeit. Ihr Verfolger musste ihr dicht auf den Fersen sein, das spürte sie mit jeder Faser ihres Körpers.

Sie war nicht gut darin wegzulaufen, ihr fehlte die Kondition. Außerdem machte sie zu viel Lärm: Auf dem Boden lag der abgesprengte Putz von den Wänden, jeder ihrer Schritte verursachte ein verräterisches Knirschen. Dazu ihr Keuchen. Sie japste nach Luft wie ein Robbenbaby nach dem ersten Tauchgang. Mit ihrer Unbeholfenheit machte sie sich zur leichten Beute.

Der Verwaltungsgang taugte nicht als Unterschlupf. Die kahlen Räume links und rechts des Korridors standen leer. Vor vielen Jahren ausgeräumt bis auf ein paar schäbige Bürostühle und zertrümmerte Aktenschränke. Nichts groß genug, um sich dahinter verbergen zu können. Die Fenster waren verrammelt oder zugenagelt, die ausgedienten Schreibstuben allesamt Sackgassen.

Also musste sie weiter. Musste laufen, wenn sie am Leben bleiben wollte. Doch wohin? Sie kannte sich nicht aus, war niemals zuvor hier gewesen. Und sie hatte keinen guten Orientierungssinn, wusste nicht mehr, wo der Eingang lag.

Die blinde Flucht führte sie in ein Treppenhaus, marode durch und durch, aber die Stufen immerhin solide. Sie nahm sie Schritt für Schritt, niemals zwei gleichzeitig, weil sie fürchtete zu stürzen. Immer voran, hoffentlich in Richtung einer Tür, die nach außen führte.

Doch die Schwingtür, gegen die sie stieß, entließ sie nicht in die Freiheit. Plötzlich stand sie auf der Galerie einer der Schwimmhallen. Unter ihr das große Becken, der Ausgangspunkt ihrer Odyssee. Sie riss die Arme nach oben. Eine hilflose Geste der Kapitulation.

Doch sie durfte nicht aufgeben. Noch nicht! Weiter, ermahnte sie sich selbst, nur weiter! Sie lief eng an der steinernen Balustrade entlang. Tief unter ihren Füßen klaffte der Abgrund, das Bassin. Ein Krater, ausstaffiert mit himmelblauen Kacheln.

Nur wenige Meter schaffte sie noch, dann versagten ihr die Kräfte. Sie brauchte eine Verschnaufpause. Eine Auszeit. Luft holen, sich sammeln. Es war nötig, kostete aber wertvolle Sekunden. Und es rächte sich: Als sie ihren Blick wieder hob, war er mit einem Mal da. Drüben, am anderen Ende der Empore.

Aus weit aufgerissenen Augen starrte sie ihn an. Sie sah auf seine Hände. Die weit gespreizten, nach innen gekrümmten Finger. Bereit zum Angriff. Die Klauen eines Raubtiers. Und auf sein Gesicht. Eiskalte Augen glotzten sie aus knappen zehn Metern Entfernung an. Blicke, die nur eines aussagten: Deine letzte Stunde hat geschlagen! Ein Schauer kroch über ihren Nacken.

Was tun?

Sie wagte einen vorsichtigen Schritt zurück. Am anderen Ende der Empore ging er im selben Moment zwei Schritte nach vorn. Sie versuchte es erneut, indem sie einen Fuß hinter sich setzte. Prompt machte er einen Doppelschritt auf sie zu.

Sie konnte sich ausrechnen, was das bedeutete: Noch vor dem Ende des Gangs würde er sie eingeholt haben. Wenn das geschehen sollte, würde sie den Kürzeren ziehen, daran bestand kein Zweifel. Das durfte sie nicht zulassen! Sie musste die Umkleidekabinen erreichen, die Kassenhalle und das Foyer mit dem Ausgang, um aus der Schwimmhalle zu entkommen. Es gab keine Alternative.

Also weiter!, feuerte sie sich an. Wieder ein Schritt rückwärts. Erneut einer, der bei ihm seine Entsprechung fand. Dafür nahm sie danach zwei, gleich darauf drei dicht hintereinander. Ihr Gegenüber zog mit doppelter Frequenz nach. Als sie vier Schritte wagte, begann er zu laufen, die Augen unbeirrbar auf sie geheftet.

Sie musste reagieren, bremste mitten im Schritt ab. Sie wirbelte herum, wollte den Weg zurücklaufen, den sie in die Halle gekommen war. Doch wieder hatte sie Zeit verloren: Durch ihre Verblüffung, ihr kurzes Zögern, schmolz der Abstand zwischen ihnen. Sie hörte seine Schritte dicht hinter sich, hetzte die Empore entlang, sah sich noch einmal um, strauchelte, büßte abermals an Vorsprung ein.

Schnell kam er näher. Sie überlegte fieberhaft, wie sie ihn loswerden sollte. Gab es Gegenstände, die sie ihm in den Weg werfen könnte? Nicht in greifbarer Nähe. Und allein ihr kurzes Suchen danach ließ die Distanz zu ihrem Verfolger weiter schrumpfen.

Was blieb ihr noch? Sich ihm stellen, zur Wehr setzen, ihn kratzen, beißen, nach ihm treten? Aber er war viel stärker als sie. Zwei Köpfe größer und gut gebaut. Sie dagegen schmal und zierlich, ein Püppchen.

Was noch? Was konnte sie sonst tun? Schreien! So laut wie möglich. Aus Leibeskräften! Vielleicht würde ein Passant darauf aufmerksam und ihr im letzten Moment ...

Als er sie eingeholt hatte, schnappte sie nach Luft. Statt eines Schreies bekam sie nur ein heiseres Wispern heraus. Schnell wandte sie sich um, versuchte, ihm doch noch zu entkommen. Vor ihr aber lag nur das Becken. Sie sah das Blau der Fliesen. Fast so strahlend wie das des Himmels.

Der Stoß in ihren Nacken war nicht stark. Aber er reichte, um sie aus dem Gleichgewicht zu bringen. Sie fiel lautlos.

*

Die Zeitung las Konrad Keller gern vom Lokalteil ausgehend und anschließend in der Reihenfolge Sport, Kultur, Wirtschaft und Weltspiegel. Wobei er auf den Weltspiegel mittlerweile verzichten könnte, denn seit die Kinder an Weihnachten Geld zusammengelegt und ihm ein iPad geschenkt hatten, holte er sich die News über die Berliner Politik und den Rest der Welt immer häufiger aus dem Internet. Da Keller jedoch ein Gewohnheitstier war, behielt er seine Gepflogenheiten beim Zeitungslesen bei. Wie schon seit 40 Jahren, wenn das reichte.

»Denkst du an das Katzenklo?«, rief Doris aus der Küche.

»An nichts anderes«, antwortete Konrad und rückte die Lesebrille zurecht. Er befasste sich gerade mit einem Kommentar über die letzte Haushaltssitzung des Stadtrats.

»Dann lass deinem Denken Taten folgen.« Doris erschien im Türrahmen, mit in die Hüften gestemmten Armen. »Heute Nachmittag werden die Zwillinge gebracht und bleiben über Nacht. Wir müssen also auch noch einkaufen und die Kinderbettchen vorbereiten.« Sie wirkte ungeduldig. Sehr sogar.

»Schon gut«, meinte Keller, faltete die Zeitung zusammen und erhob sich. Dabei fiel sein Blick durchs Fenster hinaus in den Hinterhof des Mietwohnungsblocks und durch eine Baulücke hindurch bis auf den nahen Stresemannplatz. Ein Spaziergang wäre jetzt nett, dachte er. Aber das kam natürlich nicht in Frage. »Katzenklo saubermachen. Aye, aye, Ma'am!«

Doris, deren gescheite Augen unter ihrem graugelockten Haar blitzten, verkniff sich einen Kommentar und ließ ihren Mann gewähren. Sie wusste ja inzwischen, dass das Hausmanndasein nicht seine Stärke war und wohl auch nicht mehr werden würde, sie sich aber trotzdem auf ihn verlassen konnte. Zumindest, wenn er präzise Anweisungen erhielt, nach denen er sich richten konnte.

Das Katzenklo in der einen Hand, eine Bürste und einen Sack Streu in der anderen, ging Keller zur Wohnungstür. Er hatte sie noch nicht erreicht, als es läutete.

»Bringen Burkhard und Inge die Zwillinge etwa schon jetzt?«, rief er.

»Nein. Erst am Nachmittag.«

Wer konnte es sonst sein?, fragte sich Keller. Jochen, sein älterer Sohn? Aber doch nicht um diese Uhrzeit. Viel zu früh für ihn, den Nachtschwärmer. Wohl eher der Briefträger oder Paketpostbote. Keller öffnete die Tür.

Ihm gegenüber stand ein Mann – oder vielmehr ein Männchen – im Alter von etwa 70 Jahren. Sehr konservativ, fast schon antiquiert gekleidet, auf dem schmalen Kopf einen breitkrempigen Hut. Dezent grauer Filz, wie Keller bemerkte. Und er registrierte auch die frappierende Ähnlichkeit des Herren mit einer Persönlichkeit, die er hin und wieder bei seiner Frühstückslektüre zu Gesicht bekam: Reinhold Stubenbrot, stadtbekannter Hotelier und Besitzer mehrerer florierender Restaurants. Was mochte der von ihm wollen? Hatte er sich etwa in der Adresse vertan?

»Grüß ... äh ... Gott«, stammelte Keller ziemlich überrascht.

»Stubenbrot«, stellte sich der unerwartete Gast vor und bestätigte damit Kellers Vermutung. »Entschuldigen Sie bitte die Störung zu so früher Stunde, doch es handelt sich um eine dringliche Angelegenheit.«

Nach dieser Erklärung wunderte sich Keller umso mehr. Was hatte ein Mann wie Stubenbrot hier verloren? Und was für eine dringliche Angelegenheit sollte das sein? Er war diesem Mann doch nie im Leben persönlich begegnet. Keller stellte das Katzenklo ab. Etwas ratlos strich er sich mit der Hand über den kahlen Schädel. Was tun? Die Höflichkeit gebot es, den Gast hereinzubitten.

Kurz darauf saßen sie im Wohnzimmer, wobei sich Keller nicht wohlfühlte, den Hotelier in seinen bescheidenen, etwas biederen vier Wänden zu Gast zu haben. Stubenbrot war gewiss mehr Luxus gewohnt.

»Was kann ich für Sie tun?«, überspielte Keller seine Beklommenheit so gut es ging. Sein verkrampftes Lächeln wirkte allerdings nicht ansteckend.

»Es handelt sich um einen Todesfall. Genauer gesagt um Mord«, verkündete Stubenbrot, wobei sein zerfurchtes Gesicht unverarbeitete Trauer widerspiegelte.

»Um Mord, sagen Sie?«, griff Keller die Worte auf. Er überschlug gedanklich die letzten Zeitungsmeldungen über Gewaltverbrechen in der Stadt. Der letzte Mord lag seines Wissens mehr als zwei Monate zurück.

»Richtig, richtig. Mord. Es war Mord!«, ereiferte sich der Besucher.

»Könnten Sie mir etwas über das Opfer erzählen?«, bat Keller.

»Selbstverständlich. Das ist ja das Wichtigste. Das Opfer.« Der Alte räusperte sich. »Es handelt sich um meine Verlobte. Chris.«

»Chris?« Keller runzelte die Stirn. »Chris – und weiter?«

»Ihr voller Name lautete Christina Fink. Studentin. Sie lebte im Studentenwohnheim. Aber nach der Hochzeit wären wir zusammengezogen.«

Keller glaubte nicht richtig zu hören. Wollte ihn der alte Mann auf den Arm nehmen? Er betrachtete sein Gegenüber sehr aufmerksam, bemerkte das Flackern in den blassblauen Augen und das Zittern seiner faltigen Hände. »Sie war Ihre Verlobte, sagen Sie? Eine Studentin? Darf ich fragen, wie alt …«

»19«, kam es wie aus der Pistole geschossen, und so etwas wie Stolz zeichnete sich in Stubenbrots verwittertem Gesicht ab. »Sie war die Liebe meines Lebens.«

Keller, selbst nicht mehr der Jüngste und vertraut mit der Kluft zwischen den Generationen, musste Stubenbrot beinahe belächeln. Es lag auf der Hand, dass sich das Mädchen – wenn überhaupt – wegen seines Geldes und Ansehens mit ihm eingelassen hatte. Doch er blieb sachlich: »Ich habe nichts von einem Mord gehört oder gelesen. Wo und wann soll es denn passiert sein?«, fragte er neutral, während Doris mit einem Tablett in den Raum kam. Sie servierte beiden Kaffee und stellte ein Schälchen Kekse dazu.

Stubenbrot beachtete sie kaum, sagte nicht einmal danke. »Erst vor zwei Tagen. Im Volksbad.«

Das Volksbad, die marode Jugendstilperle unweit des Verkehrsknotenpunkts Plärrer, war seit Langem stillgelegt. Mindestens zwanzig Jahre musste es her sein, dass man die Sportstätte, in der etliche Alteingesessene ihren Freischwimmer absolviert hatten, aus Kostengründen und wegen baulicher Mängel zugesperrt hatte. Schade um den prachtvollen Bau und die vielen Anekdoten, die sich um ihn rankten, dachte Keller.

»Das Bad ist geschlossen«, sagte er. »Wie ist Frau Fink hineingekommen und was hatte sie dort zu suchen?«

»Ich weiß es nicht. Nur so viel, dass sie etwas übrig hatte für Romantik und das Flair vergangener Zeiten.«

Aha, dachte Keller. Das erklärte manches. »Was genau ist vorgefallen?«, wollte er wissen.

»Sie wurde in eines der Becken gestoßen. Die sind leer, wie Sie sich denken können. Chris schlug mit dem Kopf voran auf dem Boden auf. Sie war auf der Stelle tot.«

Keller sah sein Gegenüber forschend an. »Vorgestern soll das passiert sein? Warum stand nichts darüber in der Zeitung?«

»Das kommt noch, bestimmt.« Stubenbrot schüttelte verächtlich den Kopf. »Aber die werden nichts von Mord schreiben. Sie werden es einen Unfall nennen.«

Keller hob die Brauen. »Wie kommen Sie darauf?«

Stubenbrot ballte die Fäuste. »Weil diese sturen Kriminalbeamten davon überzeugt sind, dass meine Chris leichtfertig gehandelt hat. Dass sie sich selbst in Gefahr brachte, als sie unbefugt in das stillgelegte Bad einbrach. Den Sturz habe sie ihrem eigenen Übermut zuzuschreiben, sagen sie. Sie habe sich auf den Handlauf einer Balustrade gesetzt und das Gleichgewicht verloren. Genauso werden sie es an die Presse weitergeben.« Er straffte die schmalen Schultern, als er anfügte: »Ich weiß es besser! Jemand hat sie geschubst! Jemand hat meine Liebste in den Abgrund gestoßen. Denn sie war ja umschwärmt. Hatte andere Verehrer, die es uns missgönnten, miteinander glücklich zu sein.«

Nur zu gern hätte Keller weitere Fragen gestellt und sich danach erkundigt, was Stubenbrot – immerhin ein angesehener Bürger der Stadt, der einen Ruf zu verlieren hatte – zu derartigen Mutmaßungen verleitete. Doch er riss sich am

Riemen. Wohl auch, weil er die Blicke von Doris registriert und gedeutet hatte.

Unmissverständlich stellte Konrad Keller klar: »Es mag Ihnen entgangen sein, Herr Stubenbrot: Sie unterhalten sich nicht mit einem Polizeioberrat, sondern mit einem Pensionär. Ich bin im letzten Jahr aus dem aktiven Dienst ausgeschieden. Mein Nachfolger und neuer Kripochef ist Hauptkommissar Winfried Schnelleisen. Eine integere Persönlichkeit, die Sie sicher gern …«

»Ein Idiot!«, entgegnete Stubenbrot. »Volltrottel! Absolut unqualifiziert für diesen Posten.«

Am liebsten hätte Keller ihm beigepflichtet. Aber er hütete seine Zunge. »Jedenfalls bin ich nicht zuständig. Wenn Sie glauben, einen Mord melden zu müssen, wenden Sie sich bitte an die offiziellen Stellen.«

»Das habe ich längst.« Der Hotelmanager wirkte mit einem Mal abgekämpft. »Ich beiße bei denen auf Granit.«

»Wie dem auch sei. Ich bin nicht der richtige Ansprechpartner für Sie, falls Sie glauben sollten, dass ich Ihnen in dieser Angelegenheit weiterhelfen kann.« Einer vagen Ahnung folgend fragte er: »Wie sind Sie eigentlich auf mich gekommen? Woher haben Sie meine Adresse?«

Stubenbrot nippte am Kaffee. »Eine freundliche Kommissarin war so nett, sie mir zu geben. Übrigens ganz mein Fall. Wenn ich nicht gerade in Trauer wäre …«

Keller konnte sich nun denken, wer dahintersteckte: »Kommissarin? Rötliche Haare, sportliche Figur?«

»Richtig, ja.« Stubenbrot vergaß für den Moment seine Trauer und grinste anzüglich. »Ungemein dynamisch, diese Person.«

Jasmin Stahl! Verflixt, was hatte sich seine Ex-Untergebene dabei gedacht, ihm diesen liebestollen Greis auf den

Hals zu hetzen? Keller hatte es nun eilig, seinen Gast loszuwerden. Mit vielen vermeintlich tröstenden Worten und weiteren verklausulierten Abweisungen dirigierte er Stubenbrot zur Wohnungstür.

»Sie müssen bitte einsehen: Ich bin wirklich nicht der passende Mann für Ihr Anliegen. Ich ermittle nicht mehr, seit ich in Pension bin«, setzte er zu einer Verabschiedung an.

»Ich zahle gut«, startete Stubenbrot einen weiteren Versuch und hielt Keller ein dickes Geldbündel hin.

»Danke, nein, ich bin ausreichend versorgt«, wehrte dieser ab und war froh, als er endlich die Tür zumachen konnte.

»Puh!« Erschlafft lehnte er sich an die Wand.

»Konrad?«, meldete sich seine Frau, die sich die ganze Zeit in Hörweite aufgehalten hatte. »Du wirst dich doch nicht wieder auf einen Fall einlassen?«

»Nie im Leben«, versicherte er voller Überzeugung.

»Gut. Dann erledige doch bitte deinen Auftrag.«

»Auftrag?«

»Das Katzenklo«, erinnerte ihn Doris. »Wenn du damit fertig bist, gehst du in den Supermarkt und besorgst zehn Eier für Pfannkuchen. Die Lieblingsspeise der Zwillinge. Du weißt doch: Sie bleiben über Nacht.«

Er befand sich auf halbem Weg vom dritten Stock ins Parterre, als er erneut aufgehalten wurde. Ein junger Kerl in Lederjacke und ausgewaschenen Jeans sprach ihn an: »Sorry, ich suche die Kellers. Kennen Sie die? Wissen Sie die Etage?«

Keller, der den leidenden Gesichtsausdruck sah, stellte das Katzenklo auf der Schwelle ab. »Was liegt Ihnen denn auf dem Herzen? Ich bin Konrad Keller.«

Der Mann ließ einen Stoßseufzer los. »Oh Mann. Bin ich froh, Sie zu treffen!« Er war drauf und dran, Keller in die Arme zu schließen. »Sie müssen mir helfen! Es geht um meine Freundin.«

»Ich wüsste nicht, was ich tun könnte.« Keller hielt Abstand. »Kenne ich Ihre Freundin?«

»Nein, das glaube ich nicht. Aber das ist egal. Denn ... sie ist ...« Er schnappte nach Luft und warf dabei seinen Kopf mitsamt einer filzigen Matte aschblonder Haare nach hinten. »... nicht mehr bei mir. Sie ist – tot! Und ich will wissen, wer die Schuld daran trägt.«

Keller sah ihn bass erstaunt an. Zwei Todesmeldungen an einem Tag! »Ich verstehe nicht ganz, was ich damit zu tun habe. Um wen handelt es sich denn bei Ihrer Freundin?«

Die Antwort erfolgte zusammen mit einem herzergreifenden Schluchzen: »Um meine Chris! Christina Fink.«

*

Keller hatte sich ein Croissant zu seinem Milchkaffee bestellt. Sein Gegenüber biss mit Heißhunger in ein Schinken-Käse-Sandwich.

»Fein, Sie mal wieder zu sehen, Chef«, meinte Jasmin Stahl kauend.

Sie saßen an einem Tisch direkt am großen Fenster der Bäckerfiliale, mit Blick auf die belebte Fußgängerzone, keine Gehminute vom Polizeipräsidium entfernt. Polizeikommissarin Stahl war wie stets lässig gekleidet, in ihrem kurzen rötlich braunen Haar verfingen sich einige verirrte Sonnenstrahlen. Ihre mit Sommersprossen übersäten Wangen blähten sich über dem nächsten riesigen Bissen, ihre smaragdgrünen Augen rollten dabei unruhig hin und her – und mieden den direkten Blickkontakt. Ihr Ex-Vorgesetzter dagegen fixierte sie durch seine Brille mit markant schwarzem Rahmen. Sein Gebäck und den Kaffee hatte er bislang nicht angerührt.

»Was soll der Unsinn?«, eröffnete er das Gespräch. »Warum hetzen Sie mir diese Leute auf den Hals?« Es machte nicht den Eindruck, als sei Keller heute zum Scherzen aufgelegt.

Dennoch versuchte es Jasmin auf die fröhlich unbekümmerte Art: »Ich wollte ein bisschen Schwung in Ihr Rentnerleben bringen, Chef.«

»Ich bin nicht Ihr Chef. Der heißt Winfried Schnelleisen und findet es ganz bestimmt nicht witzig, was Sie da treiben. Ich übrigens genauso wenig.«

Jasmin legte ihr Sandwich beiseite. »Okay, Che… – sorry, Herr Keller. Ich wusste mir einfach keinen besseren Rat, als die beiden zu Ihnen zu schicken. Wir, also die Polizei, können denen nicht helfen. Denn für uns ist die Sachlage klar, es gibt keinen Grund für weitere Ermittlungen.«

Wie denn diese Sachlage überhaupt aussehe, wollte Keller wissen. Jasmin klärte ihn in groben Zügen auf: Sie berichtete vom Leichenfund in der Männerschwimmhalle II des Volksbades. Christina Fink, die unberechtigt in die geschlossene Badeanstalt eingedrungen sei, habe sich zu dicht am baufälligen Rand einer Empore aufgehalten. Sie habe sich wahrscheinlich auf das Geländer gesetzt und habe das Gleichgewicht verloren oder sei ausgerutscht und mit dem Oberkörper voran in die Tiefe gestürzt. Von der Empore bis zum Boden des Bassins seien es 5,20 Meter. Sie habe sich mit den Händen nicht genügend abfangen können und sei mit dem Kopf aufgeprallt, was einen Schädelbruch und schwere

Gesichtsverletzungen zur Folge gehabt habe. Todesursache: Massive Hirnblutungen.

»Das arme Mädel war völlig entstellt, als sie bei einem Routinerundgang von städtischen Mitarbeitern aufgefunden wurde. Die Nase eingedrückt, der Kiefer zertrümmert. Sah schlimm aus«, schilderte Jasmin. »Ihren Leichtsinn hat sie teuer bezahlen müssen.«

»Was hatte sie denn im Volksbad verloren?«, konnte Keller nun endlich fragen.

»Das konnte nicht abschließend geklärt werden. Aber laut dem Liegenschaftsamt der Stadt halten sich in dem Gebäude immer mal wieder Personen auf, teils Obdachlose, oftmals aber auch Jugendliche, die den besonderen Kick suchen. Das alte Gemäuer hat eben nach wie vor seinen Reiz.«

»Hm«, brummte Keller. »Und Sie sagen, dass es sich um einen Unfall handelte? Ist das sicher?«

»Sieht ganz danach aus. Es gibt keinerlei Hinweise auf Fremdverschulden oder die Beteiligung einer weiteren Person. Weder augenfällige Kampfspuren noch Hinweise am Körper der Toten wie etwa Druckstellen oder sonstige Verletzungen durch äußere Gewalteinwirkung. Von den Spuren ihres Aufpralls mal abgesehen.«

»Schnelleisen hat die Akte demnach bereits geschlossen.«

»Richtig. Die Sache geht natürlich noch an die Staatsanwaltschaft, denn es muss geprüft werden, ob die Stadtverwaltung bei der Absicherung des Baus ausreichende Sorgfaltspflicht hat walten lassen. Aber eine Ermittlung wegen Mordes oder Totschlags, wie es die beiden trauernden Liebhaber gern hätten, wird es nicht geben.«

Keller ließ sich die Worte seiner ehemaligen Mitarbeiterin durch den Kopf gehen, während er sein Croissant in den Kaffee tunkte. Dann erkundigte er sich: »Sie sprachen von einer schlimmen Entstellung des Gesichts. Wie haben Sie so schnell herausgefunden, wer die Tote ist, wenn sie kaum zu erkennen war?«

»Das war kein Problem«, fegte Jasmin diese Unwägbarkeit beiseite. »In ihrer Jacke trug sie ein Portemonnaie mit ihren Papieren bei sich.«

»Hat trotzdem noch eine Identifizierung stattgefunden?«

»Selbstverständlich. Wir haben ihren Verlobten Herrn Stubenbrot hinzugezogen, außerdem ihren Pflegevater. Die leiblichen Eltern sind nicht mehr am Leben. Sie starben bei einem Autounfall, da war Christina erst zwei Jahre alt.«

»Gut. Dann ist ja alles korrekt und nach Vorschrift gelaufen. Wie es scheint, hat Kollege Schnelleisen die richtige Entscheidung getroffen. Ich sehe ebenfalls keinen Grund, eine Mordermittlung in die Wege zu leiten.«

Jasmin Stahl straffte die Schultern und atmete tief ein, bevor sie sagte: »Aber Sie müssen!«

Keller, überrascht über die plötzliche Emotion, ließ sein Hörnchen in die Tasse fallen. »Bitte?«

»Sie wissen, dass ich nicht der Typ bin, der die Hände in den Schoß legt. Das verbietet mir allein schon mein Ehrgeiz. Aber dieser Ehrgeiz wird in diesem Haus leider konsequent ausgebremst und stattdessen der Müßiggang gefördert.« Jasmin beugte sich weit nach vorn, sagte vertraulich leise: »Sie müssen Nachforschungen anstellen, Chef. Denn bei dieser Sache ist was faul. Das sagt mir mein Instinkt.«

»Ihr Instinkt. Soso. Ein etwas schwaches Kriterium, meinen Sie nicht auch?«

»Aber Herr Keller, allein die Beziehungskiste ist doch schon verdächtig. Das Mädel hatte was mit zwei Männern am Laufen, mit einem adretten jungen Mann in ihrem Alter und mit einem unsympathischen alten Knacker – einem sexgeilen Methusalix! –, der sie sogar heiraten wollte.«

»Sie denken in Richtung eines Eifersuchtsdramas?«

»Ist das denn völlig abwegig?«

»Nein, aber wenn es keinerlei Hinweise gibt ...«

Jasmin Stahl überwand die gebotene Distanz zwischen sich und ihrem Ex-Boss. Sie griff nach seinen Händen und drückte sie. »Tun Sie mir bitte den Gefallen: Nehmen Sie sich die beiden Männer vor und hören Sie sich im Umfeld der Toten um. Ich würde es ja selbst tun, doch ich lande in Teufels Küche, wenn Schnelleisen Wind davon bekommt, dass ich seine Anweisungen unterlaufe.«

Keller, eingenommen von der beruflichen Leidenschaft der jungen Kommissarin, schluckte den Köder. Er hing am Haken und wusste, dass er nicht so schnell davon loskommen würde.

»Na schön«, sagte er. »Ich werde mich mal umhören. Können Sie mir dafür bitte die Ermittlungsunterlagen überlassen, vor allem die Tatortfotos?«

Jasmins Wangen färbten sich rot. »Auf gar keinen Fall. Das darf ich nicht. Sie wissen doch ...«

»Ja, ja, ich müsste die Spielregeln eigentlich kennen. Ich gehöre nicht mehr zu eurem Verein, muss mich also selbst um mein Zeug kümmern.«

»Ja, Chef, leider.«

Keller erhob sich und zog sich sein Jackett über.

»Sie gehen schon?«, fragte Jasmin, die den schnellen Aufbruch sichtlich bedauerte.

»Ja, ich muss los. Kati und Nati kommen heute zum Essen. Bleiben auch über Nacht.«

Jasmin grinste. »Das bringt dann wirklich Leben in die Bude, was?«

Keller setzte seinen Hut auf und tippte zum Abschied gegen die Krempe. »Man sieht sich.«

*

Vier Uhr nachts, und er bekam kein Auge zu. Denn Nadine, seine Discobekanntschaft von gestern Abend, redete ununterbrochen. Da nutzte es auch nichts, wenn er sich von ihr wegdrehte und demonstrativ das Kissen übers Ohr zog.

Sie quatschte und quatschte. Über ihre schlechten Erfahrungen mit Männern, ihren unerfüllten Kinderwunsch und dass es bei ihr doch jetzt, mit Ende 20, dringend an der Zeit wäre, einen festen Partner fürs Leben zu finden. Und so ging das weiter, ohne Unterlass.

Jochen hielt es nicht mehr aus. Wenn er in dieser Nacht wenigstens ein paar Stunden Schlaf finden wollte, musste er die Notbremse ziehen. Das tat er: »Hör mal, Baby, damit das klar ist: Du hast wirklich hübsche Titten und 'nen netten Arsch. Aber der Rest interessiert mich herzlich wenig. Also halt bitte die Klappe und lass mich in Frieden.«

Noch ehe er zu Ende gesprochen hatte, schoss Nadine wie von der Tarantel gestochen aus dem Bett, sammelte hektisch ihre auf dem Boden verteilten Sachen auf, zog sich an und schlug die Wohnungstür lautstark hinter sich zu.

»Na also«, murmelte Jochen und schloss zufrieden die Augen. »Es geht doch. Warum müssen es einem die Weiber bloß immer so schwer machen?«

Keine drei Stunden später klingelte das Telefon. Jochen schreckte auf und dachte natürlich sofort an seine nächtliche Bekanntschaft. Hatte sie etwas bei ihm liegen lassen oder wollte sie ihn nur beschimpfen? Grund genug hätte sie ja. Denn inzwischen war ihm die derbe Abfuhr von vorhin selbst ein wenig peinlich. Aber was es auch war, sie hatte sich eine verdammt ungünstige Uhrzeit für ihren Anruf ausgesucht. Entsprechend geladen ging er dran: »Was, zum Teufel, willst du von mir? Es ist sieben Uhr früh!«

Am anderen Ende der Leitung räusperte sich jemand. »Entschuldige die Störung. Aber die Zwillinge halten mich schon seit sechs auf Trab und da dachte ich …«

»Paps? Bist du das?« Jochen richtete sich in seinem Bett auf und fuhr sich mit der freien Hand durch sein gewelltes heublondes Haar.

»Ja, Sohnemann. Bist du gerade schwer beschäftigt? Ich könnte nämlich deine Hilfe gebrauchen.«

Als sie sich gegen Mittag in einem Stehcafé unweit der Zeitungsredaktion trafen, führte Jochen das Material mit sich, nach dem sein Vater verlangt hatte. Er öffnete ein braunes DIN-A-4-Kuvert und breitete einen Schwung Fotoprints auf dem kleinen, runden Tisch vor ihnen aus.

»Das sind sie«, sagte Jochen. »Mehr konnte ich im Fotoarchiv nicht finden. Aber ich denke, die Ausbeute ist ganz ordentlich.«

Bevor er sich den Bildern widmete, betrachtete Konrad Keller zunächst seinen Sohn. Jochen, ältestes seiner drei Kinder und die (männliche) Diva unter den Geschwistern, wirkte fit, gesund und selbstverliebt wie stets. Und doch meinte Keller, leichte Züge von Erschöpfung aus den feinen Fältchen rund um Jochens strahlend blaue Augen ablesen zu können. Sollte ihn allmählich – mit immerhin fast vierzig Jahren – der jugendliche Elan verlassen? Keller behielt seine Gedanken für sich und fragte: »Das sind also sämtliche Fotos, die dein Kollege vom Tatort gemacht hat?« Er schob einige der Bilder hin und her und begann damit, sie zu sortieren.

»Ja. In der Zeitung gedruckt haben wir sie aber nicht, nachdem klar wurde, dass wir es nicht mit einem Mord zu tun haben. Als Unfall war uns die Sache nur noch eine kurze Meldung unter Vermischtes wert.«

Keller nahm sich die Nahaufnahmen der Leiche vor. Zum Zeitpunkt der Aufnahme war der Körper der Toten bereits gewendet worden. Man konnte daher gut das Gesicht, oder vielmehr: das, was davon übrig geblieben war, erkennen. Eine blutige Masse aus Knochensplittern, Muskelfasern und Haut wurde umsäumt von nussbraunem Haar.

Anschließend sah er sich die Fotos an, die aus größerer Distanz angefertigt worden waren. Sie gewährten ihm einen guten Überblick. Eines der Bilder zeigte sogar die komplette Schwimmhalle II mit ihrem blau gekachelten Becken, dem kuppelförmigen Hallendach sowie der mit Rundbögen überspannten Galerie, von der Christina gefallen sein musste.

Obwohl Keller die Aufnahme mit der ihm eigenen nüchternen Professionalität studierte, konnte er nicht umhin, die architektonische Schönheit der saalartigen Halle zu bewundern. Eine durch jahrelangen Leerstand verblasste Pracht, aber gerade der morbide Charme des Maroden sprach Keller an.

»Ich muss in Erfahrung bringen, warum sich Christina Fink dort aufgehalten hat«, sagte er und tippte auf das Foto. »Darin könnte der Schlüssel zu dem Fall liegen.« Er blickte zu Jochen auf. »Was kannst du mir über das Volksbad sagen? Ist euer Archiv ergiebig gewesen?«

Jochen zog mit souveräner Geste einen weiteren Umschlag aus seiner Jacke. Dieser enthielt engzeilige

Computerausdrucke. »Womit soll ich anfangen? Dass es zwischen 1900 und 1913 von Carl Weber geplant wurde, im klassizierenden Jugendstil gehalten ist, aber auch römische Thermen zitiert?«

»Nur zu! Lass hören, was deine Recherchen hergeben. Ich unterbreche dich, wenn es langweilig wird.«

Jochen wühlte sich durch seine Papiere. »In der Erbauungsphase des Volksbads hatten Schwimmbäder noch eine wichtige öffentliche Funktion, was den Hygienegedanken anbelangte. Deswegen wurden neben den drei Schwimmhallen – zwei für Männer und eine für Frauen – auch Brause- und Dampfbäder, Wannen und sogar Hundebecken eingebaut. Später trat die Ersatzfunktion für die eigene Dusche in den Hintergrund. Aus der Badeanstalt wurde ein normales Schwimmbad, das sich auch wegen seiner zentralen Lage großer Beliebtheit erfreute. Die antiquierte Technik, kaum vorhandene Isolation und der sich rapide verschlechternde Bauzustand zwangen die Stadt jedoch Anfang der 1990er-Jahre, den Betrieb einzustellen. Seitdem liegt der ehemalige Badetempel in einer Art Dornröschenschlaf.«

»Nenn mir ein paar technische Daten. Ich brauche Fakten«, wies Keller an.

»Jawoll!«, nahm Jochen den strengen Vater nicht ganz ernst. »Wir haben knapp 70.000 Kubikmeter umbauten Raum, darunter ein großes Foyer, die drei Schwimmhallen mit Beckenlängen von 24,5 bis 29 Metern, die Galeriegänge, eine Brauseabteilung im Untergeschoss, die stillgelegten Wannenabteilungen in einem dreigeschossigen Nebentrakt, das Kesselhaus und den Verwaltungstrakt – und überall bröckelt es und es tropft durch die Decken.«

»70.000 Kubikmeter«, griff Keller Jochens Worte auf. »Viel Platz zum Verstecken.«

»Du meinst, sie wollte sich dort verbergen?«, fragte Jochen. »Aber vor wem und warum?«

Keller dachte an Hotelier Stubenbrot, der seiner Einschätzung nach ziemlich penetrant sein konnte. Womöglich fühlte sich Christina von ihrem betagten Verehrer bedrängt oder, wie es neudeutsch hieß, gestalkt. Seinem Sohn, dem Journalisten, gegenüber beschränkte er sich auf die vage Antwort: »Genau das möchte ich herausfinden.«

Keller wollte sich bei Jochen für die Unterstützung bedanken und sich verabschieden, als dieser wie beiläufig erwähnte: »Selbstmord schließt ihr sicher aus, oder?«

»Ja«, antwortete Keller und sah Jochen forschend an. »Es gab keine Hinweise darauf. Mein Kontakt bei der Kripo hat nichts von einem Abschiedsbrief oder entsprechenden Bemerkungen aus dem Bekanntenkreis erwähnt.«

»Hätte mich auch gewundert«, meinte Jochen. »Das Mädel machte auf mich keinen unglücklichen Eindruck. War eine flotte Biene, quirlig und selbstbewusst.«

Keller sah Jochen bass erstaunt an: »Du kanntest sie? Warum sagst du das erst jetzt?«

»Kennen ist zu viel gesagt«, winkte Jochen ab. »Sie ist mir mal über den Weg gelaufen. Ein Pressetermin beim Pharmakonzern Meister, da ist sie mir aufgefallen. War dort Praktikantin.«

»Du hast sie angebaggert und dabei ihren Namen erfahren«, mutmaßte Keller, dem die Qualitäten seines Ältesten als Frauenheld durchaus bekannt waren.

»Nein«, meinte Jochen verschmitzt. »Ich habe lediglich auf ihr Namensschildchen geachtet.«

»Jedenfalls scheint dich die junge Dame nachhaltig beeindruckt zu haben, sonst hättest du sie doch längst vergessen.«

Jochen stimmte mit leichtem Nicken zu. »Ja, ich muss zugeben: Sie hatte das gewisse Etwas.«

»Wie drückte sich das aus?«, hakte Keller sogleich nach.

»Na ja, Grazie, Charme, Eleganz, ein feines Lächeln, schöne Augen – und eine verdammt heiße Figur.«

»Du bist unverbesserlich. Trotzdem danke für den Tipp. Ich werde der Firma mal einen Besuch abstatten.«

»Wende dich an Armin Meister, den Inhaber und Geschäftsführer. Mir kam es so vor, als habe er Christina protegiert. Anzunehmen, dass er sich von ihr um den Finger hat wickeln lassen.«

*

Jasmin Stahl war sich im Klaren darüber, dass Winfried Schnelleisen eine hohe Aufklärungsrate aufzuweisen hatte. Am höchsten lag sie bei Mord: Auf 100 Prozent kam Schnelleisen seit Amtsantritt und tat alles, um dieses selbst für den Freistaat Bayern beachtliche Niveau zu halten. Man munkelte, dass sich diese perfekte Quote bis zum Innenminister herumgesprochen hatte und Schnelleisen in Kürze mit einer Belobigung rechnen durfte. Womöglich sogar mit einer Pressekonferenz, auf der die besondere Effizienz und Durchschlagskraft seines Dezernats herausgestellt werden würde.

Die Sache hatte nur einen Makel – und auch den kannte Jasmin Stahl sehr genau: die Dunkelziffer. Nach ihrem Empfinden wies Schnelleisen viel zu viele Zweifelsfälle den Kategorien Unfall und natürlicher Tod zu. Dadurch sank die offizielle Zahl der Morde, Totschläge und fahrlässigen Tötungen und es gab dementsprechend weniger aufzuklären.

Nicht jeden in Jasmins Reihen störte diese Tendenz, denn de facto gab es für sie alle weniger zu tun als in den Jahren, als noch Konrad Keller am Ruder war. Jasmin hingegen konnte und wollte sich nicht damit abfinden, dass hier gewisse Dinge einfach unter den Teppich gekehrt wurden.

So auch im Fall von Christina Fink. Jasmin hatte den Auftrag erhalten, die Unterlagen abschließend zusammenzustellen und abzulegen. Außerdem sollte sie die Leiche zur Beerdigung freigeben, womit die Chance vertan war, Christinas Körper doch noch der Rechtsmedizin zuzuführen. Missmutig und widerstrebend erfüllte Jasmin die ihr zugewiesene Arbeit, doch es war ihr anzusehen, dass sie sich schwer damit tat, denn es widersprach ihrer eigenen Berufsauffassung, ihrem Ethos.

»Hey, Füchschen, ist dir 'ne Laus über die Leber gelaufen?«

Jasmin Stahl zuckte zusammen, als plötzlich Gernot Baumann neben ihr stand. Sie hatte nicht mitbekommen, wie der Kollege vom Rauschgiftdezernat ihr Büro betreten hatte.

»Du weißt, dass ich diesen Namen hasse – ›Füchschen‹«, biesterte sie den ungebetenen Gast an.

Der zauberte einen Automatenkaffee im Plastikbecher hinter seinem Rücken hervor. »Bitte schön. Ich dachte, du könnest einen kleinen Koffeinschub vertragen.« Er stellte den Becher auf ihren Schreibtisch.

»Danke«, sagte Jasmin ein wenig freundlicher.

»Möchtest du mir von der Laus erzählen, die dich ärgert?«, fragte Baumann, ein Single mit dem Habitus eines Lehrers, der sie bereits seit Jahren ebenso charmant wie erfolglos umgarnte.

Jasmin gab sich einen Ruck und berichtete ihm in groben Zügen von der Sache mit Christina Fink. Ihre Aversion gegen Schnelleisen ließ sie dabei außen vor.

»Na ja«, sagte Baumann und setzte sich auf die Schreibtischkante. »Wenn's nun mal keine Hinweise auf eine Straftat gibt, kann man halt nichts machen«, gab er sich fatalistisch. Als er merkte, dass er damit bei Jasmin nicht landen konnte, fügte er eilig hinzu: »Aber es ist natürlich die richtige Einstellung, wenn man nichts unversucht lässt. Bloß nichts übersehen und lieber alles dreimal überprüfen, da bin ich ganz bei dir.«

›Da bin ich ganz bei dir‹ – bei dieser Redewendung sträubten sich Jasmin die Nackenhaare. Mann, Mann, Mann, der gute Gernot ahnte gar nicht, wie weit er davon entfernt war, bei ihr zum Zug zu kommen. »Ich muss weiterarbeiten«, leitete sie seinen Rauswurf ein.

Doch Baumann bewies Sitzfleisch. »Weißt du, bei mir ist es genauso: Seit Wochen jagen wir einem Phantom hinterher, an das außer mir keiner mehr glauben mag. Der Markt wird von einer neuartigen Modedroge überspült, aber bislang nur hier im lokalen Umfeld. Auf der Landkarte kannst du mit dem Zirkel einen Kreis um die Stadt ziehen: Außerhalb eines Radius von 50 Kilometern kriegst du das Zeug nicht. Ergo: Das Phantom, also der Dealer, operiert aus unserer Stadt heraus.«

»Und ihr kommt ihm nicht auf die Spur?«, erkundigte sich Jasmin wenig interessiert. Denn Drogen zählten höchstens mal am Rand zu ihrem Geschäftsfeld.

»Nein, weil ich allein auf weiter Flur bin. Die Kollegen vermuten den Drogenproduzenten ganz woanders, vermuten ihn in Tschechien, weil dort die Gesetzgebung ja ähnlich lax ist wie in Holland. Nach Auffassung der Kollegen sind wir nur ein Probemarkt, auf dem die neue Droge getestet wird, bevor sie auch andernorts gedealt wird.«

Klingt plausibel, dachte Jasmin. »Was wirst du also tun?«, fragte sie.

Baumann streckte das Kreuz durch und sagte voller Entschlossenheit: »Ich halte es wie du und gebe nicht klein bei. Die sollen mich kennenlernen! Ich werde ihnen das Phantom in Handschellen vorführen. Und du wirst sehen: Ich schnappe es hier, mitten in der Stadt, und nicht in Tschechien!«

Als Jasmin wieder allein war, ließen sie Gernot Baumanns Worte nicht los. Er zählte sicher nicht zu den cleversten Beamten im Präsidium, und schon gar nicht traute sie ihm zu, wirklich dieses »Phantom« zu fassen. Aber er bestärkte sie in ihrer Auffassung, nicht so schnell aufzugeben.

Sie würde die Akte von Christina Fink zwar offiziell schließen, doch nun erst recht alles daran setzen, Konrad Keller bei seinen inoffiziellen Ermittlungen zu unterstützen. Das war sie ihren eigenen Überzeugungen und auch der Verstorbenen schuldig.

*

Die Verwaltung der Firma Meister, eines alteingesessenen mittelständischen Medikamentenherstellers, residierte in einem weitläufigen Büro in der Kaiserstraße, während die Produktion bereits vor Jahrzehnten an die Peripherie der Stadt ausgelagert worden war. Die ebenso schick wie teuer eingerichtete Zentrale erstreckte sich über die komplette zweite Etage eines Geschäftshauses, in dessen Erdgeschoss Designermöbel verkauft wurden. Meister gehörte wahrscheinlich selbst zu deren besten Kunden, dachte sich Keller, während er sich von einer ultraschlanken Assistentin ins Besprechungszimmer führen ließ, dessen Wände mit kunstvoll unterlegten chemischen Formeln verziert waren. Dort hatte er die Qual der Wahl, wo er sich niederlassen sollte. Um einen ovalen Tisch standen sechs verschiedene Sitzgelegenheiten, eine ungewöhnlicher als die andere. Da ihm ein thronartiger Lehnstuhl aus Acryl nicht stabil genug erschien und er ein Stahlrohrgestell mit eingelassenem Medizinball ziemlich abschreckend fand, wählte er einen Freischwinger in Leopardenfelloptik.

Armin Meister erschien eine Minute nach Kellers Eintreffen. An der Seite seiner hochbestöckelten Sekretärin spazierte er über den schallschluckenden Teppich. Ein Mann von stattlicher Statur, das Haar sorgsam in Form geföhnt und an den Schläfen grau meliert. Sein Gang zeichnete sich durch eine eigenartige Mischung aus dem Gebaren eines Teenagers und eines Elder Statesman aus.

Keller erhob sich. »Keller. Konrad Keller. Ich bin gekommen, um mich mit Ihnen über eine frühere Praktikantin von Ihnen zu unterhalten: Christina Fink.«

»Angenehm«, sagte Meister und reichte ihm die Hand. Seiner Begleiterin gab er mit einem kurzen Anheben der rechten Augenbraue zu verstehen, dass sie sich zurückziehen durfte.

Meister nahm auf dem Acrylthron Platz, faltete die Hände und fragte betont gelassen: »Wie kann ich Ihnen helfen? Am Telefon deuteten Sie an, dass Sie polizeiliche Ermittlungen vornehmen. Sind Sie so eine Art Detektiv?«

»Das ist nicht ganz richtig«, stellte Keller klar. »Ich bin Polizeioberrat a.D., handele also als Privatmann. Dennoch wäre ich Ihnen dankbar, wenn Sie mir ein paar Fragen beantworten könnten. Christina Fink absolvierte bei Ihnen ein Praktikum, ist das richtig?«

»Ja, ihr Studium beinhaltete mehrere Pflichtpraktika. Eines davon leistete sie bei uns ab.«

»Waren Sie mit ihrer Arbeit zufrieden?«

»Sehr sogar. Wissen Sie, normalerweise muss man in Praktikanten deutlich mehr Zeit und Aufwand investieren, um sie auch nur ansatzweise in den Workflow integrieren zu können. Christina dagegen besaß eine erstaunliche Auffassungsgabe und erledigte die ihr zugewiesenen Jobs mit Bravour.«

»Eine Vorzeigepraktikantin sozusagen.«

»Absolut, ja. Pünktlich, fleißig, belastbar. Christina war sich für nichts zu schade.«

Für nichts? Keller wollte versuchen, den aalglatten Firmenchef ein wenig aus der Reserve zu locken: »Eine Superfrau wie Christina lässt man doch nicht einfach wieder ziehen. Haben Sie ihr keine feste Stelle angeboten?«

Tatsächlich zögerte Meister vor seiner nächsten Antwort. »Nein, das habe ich nicht. Aber ich hätte es wahrscheinlich, wenn ich noch die Gelegenheit dazu bekommen hätte.«

»Sie meinen: Wenn sie nicht gestorben wäre.«

»Sie sagen es.« Meister nahm ein Taschentuch zur Hand und schnäuzte sich.

Kämpfte er mit den Tränen oder hatte er ganz einfach Schnupfen, fragte sich Keller. »Schildern Sie mir bitte, was für ein Mensch Christina war. Wobei mich weniger ihre Arbeitseffizienz interessiert als ihr Wesen.«

»Nun ...« Meister konnte die Betroffenheit in seinen Augen nicht länger verbergen. »Sie war ... einzigartig. Ungewöhnlich und anders als die meisten jungen Menschen, die bei uns vorstellig werden. Sie hatte eine ganz besondere Aura, strahlte Lebensfreude aus und verbreitete Optimismus. Christina war ein Energiebündel und steckte voller Ideen und Einfälle. Wenn sie in der Nähe war, konnte man sich auf nichts anderes konzentrieren. Sie verlangte volle Aufmerksamkeit.«

»Das hört sich eher anstrengend als produktivitätssteigernd an.«

»Nein, nein.« Meister winkte ab. »Ich meine das nicht abträglich. Christina verströmte positive Energie, wenn Sie verstehen.«

»Mehr oder weniger. Jedenfalls scheint sie ein besonderer Mensch gewesen zu sein.«

»Oh ja«, bestätigte Meister und drehte an seinem Ring, »das war sie.«

»Sie sind verheiratet?«, bezog sich Keller auf Meisters unbewusste Geste.

»Ja. Warum fragen Sie?«

»Routine.«

»Ich ahne, worauf Sie hinauswollen. Aber da muss ich Sie enttäuschen. Ich lebe in einer glücklichen Ehe. Seit 19 Jahren. Marina und ich planen, unseren 20. Hochzeitstag auf einem Kreuzfahrtschiff im Persischen Golf zu verbringen.«

»Schön für Sie«, sagte Keller und dachte: Wieder einer, der Christinas Zauber erlegen ist. Fürs Erste hatte er genug gehört.

»Ich habe die beiden wirklich gern bei mir«, strahlte Doris ihren Mann an, kaum dass er durch die Tür gekommen war, und fügte flüsternd hinzu: »Und bin auch jedes Mal froh, wenn sie wieder abgeholt werden.«

Keller drückte seiner Frau ein Begrüßungsküsschen auf die Wange, legte seinen Mantel ab und folgte der lauter werdenden Geräuschkulisse in Richtung Wohnzimmer, das Kati und Nati während seiner Abwesenheit in ein Kinderzimmer umfunktioniert hatten. Kopfschüttelnd, aber lächelnd sah er dabei zu, wie sein Sohn Burkhard sich mühte, das Schlachtfeld aufzuräumen. Er bückte sich nach herumgeworfenen Sofakissen, über den Teppich verteilten Schachfiguren und überall verstreuten Barbiekleidchen. Burkhard, dessen Gesicht unter seinen sich lichtenden heublonden Locken dunkelrot angelaufen war, stöhnte ob der anstrengenden Bewegungen, denn beim ständigen Bücken war ihm sein Bauch im Weg.

Konrad Keller beschloss seinen Sohn zu erlösen, indem er ihm versicherte, dass die Unordnung halb so wild sei und er sich nicht darum zu kümmern brauchte. Er forderte ihn dazu auf sich zu setzen, um ein wenig mit ihm zu plaudern.

»Du hast doch noch ein bisschen Zeit, bis ihr heimfahrt, oder?«

»Ja ja, ein paar Minütchen sind schon noch drin«, antwortete Burkhard, froh über die Verschnaufpause.

Keller erkundigte sich nach seiner Schwiegertochter Inge und nach Burkhards Tierarztpraxis. Inge gehe es soweit gut, antwortete Burkhard, und die Praxis laufe immer besser. Er berichtete von seiner wachsenden Stammkundschaft und einigen kuriosen Fällen. Etwa von einem Wellensittich, der kopfüber in einem Glas feststeckte, und einer Schildkröte mit chronischem Schluckauf. Schwerwiegender sei die Not-OP an einem Chihuahua gewesen, der aus einem Fenster drei Stockwerke in die Tiefe gefallen war.

Die Schilderung des gestürzten Hundes brachte Keller auf eine Idee. »Entschuldige mich einen Augenblick«, sagte er und verschwand in den Flur. Keine Minute später kam er mit den Tatortfotos zurück, die ihm Jochen überlassen hatte. Nachdem er sich vergewissert hatte, dass die Zwillinge außer Sichtweite und beschäftigt waren, breitete er die

Aufnahmen vor seinem Sohn auf dem Wohnzimmertisch aus.

»Was sagst du dazu?«, wollte Konrad Keller wissen und schilderte die Sachlage. »Wie bewertest du die Todesumstände als Mediziner?«

»Ich bin Veterinärmediziner, kein Humanbiologe«, murmelte Burkhard, betrachtete die Fotoprints aber sehr genau. »Das Mädchen ist gestürzt, sagst du? Von dort oben?«

»Ja. So lautet zumindest die offizielle Lesart.«

Burkhard nahm eines der Bilder zur Hand, das die Tote in einer Nahaufnahme zeigte. »Die äußeren Verletzungen entsprechen denen einer massiven äußeren Gewalteinwirkung. Durchaus möglich, dass sie von dem Aufprall herrühren. Und doch ... es ist etwas seltsam.«

»Was findest du seltsam?«, fragte Keller aufmerksam.

»Dass sie zunächst auf dem Bauch lag, nicht auf dem Rücken. Sie wurde doch erst später durch die Polizei gedreht, richtig?«

»Ja, das ist korrekt. Aber wieso macht dich das stutzig?«

»Schau dir das Geländer der Empore an: Es ist hoch genug, um ausreichend Schutz zu bieten. Ich schätze, es hat ihr bis über die Hüfte gereicht. Um abzustürzen, muss sie sich auf den Handlauf gesetzt und dabei das Gleichgewicht verloren haben. Ergo: Sie müsste mit dem Rücken voran in die Tiefe gesaust sein.«

»Womöglich hat sie sich im Fallen gedreht. Oder aber sie hatte sich mit dem Gesicht nach vorn, also zum Becken hingewandt, auf den Handlauf gesetzt«, spekulierte Keller.

»Na ja, ich weiß nicht«, zweifelte sein Sohn.

»Vielleicht war es auch ganz anders«, meinte Keller. »Was, wenn sie sich zu weit über die Brüstung gebeugt hat, etwa weil sie irgendetwas unten in der Halle ausspähen wollte?«

»Das glaube ich eher nicht. Wie gesagt: Die Geländerhöhe ist so ausgelegt, dass solche Unfälle nicht passieren können.«

»Ausschließen würde ich es trotzdem nicht. Aber nehmen wir an, dein Misstrauen ist gerechtfertigt: Wie erklärst du die Tatsache, dass sie bäuchlings am Beckenboden aufgeschlagen ist?«

Burkhard zog eine Braue nach oben. »Muss ich dir das wirklich sagen, Paps? Da hat jemand nachgeholfen – und genau das denkst du auch, alte Spürnase.«

»Nichts Genaues weiß man nicht«, wiegelte Keller ab, doch sein Sohn hatte ihn längst durchschaut.

»Was hast du als Nächstes vor?«, fragte Burkhard. »Naheliegend wäre es, so viel wie möglich über diese Chris nachzuforschen. Ich meine: abgesehen von den Männergeschichten, über die du erzählt hast. Was berichten zum Beispiel ihre Kommilitoninnen über sie? Du musst wissen, wo ihre Feinde zu finden sind.«

»Höre ich da etwas von Studenten?« Eine helle Stimme erklang aus dem Hintergrund, worauf sich beide Männer verblüfft umsahen.

»Sophie?«, riefen Vater und Sohn wie aus einem Mund.

Die adrette junge Frau – Kellers Jüngste, das quirlige, ungestüme Nesthäkchen – ließ sich neben ihnen aufs Sofa plumpsen.

»Hab dich gar nicht klingeln hören«, meinte Keller.

»Kein Wunder bei dem Lärm, den meine beiden Lieblingsnichten veranstalten«, grinste sie. »Unsere Aufführung heute Abend fällt ins Wasser. Zwei Hauptdarsteller liegen mit Grippe im Bett, es gibt keinen Ersatz. Also bin ich schnell aus München hergejettet, um Mama meinen Wäschekorb zu bringen.«

»Wird es nicht allmählich Zeit, dass du dir eine eigene Waschmaschine anschaffst?«, stichelte Burkhard.

»Solange auch Jochen noch jede Woche seine benutzten Unterhosen bei Doris abliefert, sehe ich keine Veranlassung dazu«, gab sie etwas patzig zurück. »So: Und jetzt klärt mich auf, über wen oder was ihr euch gerade den Kopf zerbrecht.«

Keller weihte sie ein, woraufhin sich Sophie spontan anbot, einen Part bei der Lösung des Falls zu übernehmen: »Ich habe doch schon mal ausgeholfen, vor einem Jahr, bei diesem Messermord im Südklinikum«, argumentierte sie, als sie den skeptischen Blick ihres Vaters registrierte.

»Ja – und dabei war mir himmelangst«, entgegnete dieser.

Sophie strich ihm mit den Fingern ums Kinn. »Aber Papi, diesmal ist es was ganz Harmloses: Ich düse zum Studentenwohnheim und plaudere mit einigen Zimmergenossinnen. Was kann da schon passieren?«

Zähneknirschend willigte Keller ein – insgeheim mächtig stolz auf das Engagement seiner Sprösslinge.

*

Die Rolle, in die Sophie schlüpfen musste, fiel ihr nicht schwer. Als ausgebildete Schauspielerin war sie es gewohnt, verschiedenste Charaktere darzustellen. Eine Studentin zu mimen war eine leichte Übung für sie.

Das Wohnheim, dessen Adresse ihr Vater von Kommissarin Stahl erfahren hatte, war dank eines defekten Haustürschlosses für jedermann zugänglich. Sophie, salopp gekleidet, das Haar mit einigen Spängchen lässig in Form gebracht und eine Mappe unter den Arm geklemmt, trat wie selbstverständlich ein und schlenderte die Gänge entlang. Unauffällig schielte sie dabei nach den Nummern auf den Zimmertüren.

An der Nummer 213, dem Nachbarzimmer von Chris' Bleibe, klopfte sie an. Es dauerte nicht lange, bis ihr von einer Asiatin mit glänzend schwarzem Haar geöffnet wurde.

»Ja?«, fragte diese und rückte das pinke Gestell ihrer Brille zurecht.

»Hi! Ich bin die Meike«, stellte sich Sophie sicherheitshalber unter falschem Namen vor. Als die andere sie etwas ratlos ansah, deutete Sophie nach links und erklärte: »Die neue Nachbarin. Ich übernehm die Bude da drüben. Die ist ja gerade frei geworden.«

Die Schwarzhaarige nickte. »Jepp. Letzte Woche.«

»Hab ich ja echtes Glück gehabt. Ist ja gerade nicht so leicht, ein erschwingliches Zimmer zu kriegen.« Sophie schnalzte mit der Zunge. »Warum ist mein Vorgänger eigentlich raus? Mit dem Studium fertig oder ein Abbrecher?«, spielte sie die Ahnungslose.

»Harte Story: Chris, das ist die, die da wohnte, lebt nicht mehr. Hatte nen Unfall.«

Sophie schlug beide Hände vors Gesicht. »Ach je! Das wusste ich ja gar nicht. Wie schrecklich.«

»Ja, war ne krasse Nummer.« Die Studentin im Türrahmen streckte eine schmale Hand aus. »Ich bin Yoko. Schön, dich kennenzulernen.«

Sophie schlug ein. »Ebenso. Werde mir Mühe geben, genauso eine gute Nachbarin zu werden wie Chris.«

Yoko verzog den Mund. »Lieber nicht«, sagte sie. »Es ist schlimm, dass sie tot ist. Aber so richtig vermissen tut sie hier niemand.«

Ein hartes Urteil, dachte Sophie und setzte eine naive Unschuldsmiene auf. »Wieso denn nicht? Hat sie es übertrieben mit der Musik? Zu laut gewesen?«

Yoko winkte ab. »Nee, laut war sie nicht. Oder selten. Aber Chris war ... sie war ...«

»Nicht besonders nett?«, half Sophie ihr auf die Sprünge, woraufhin Yoko nickte.

»Du hast dich einfach nicht auf Chris verlassen können. Ich meine: Hier im Wohnheim sind ja alle irgendwie aufeinander angewiesen. Man hilft sich eben aus, wenn's nötig ist. Aber Chris: Die hat immer nur gewollt, aber nie was gegeben.«

»Ein bisschen eine Egozockerin, was?«

»Nicht bloß ein bisschen. Chris war ausschließlich auf ihren eigenen Vorteil bedacht – mit so 'nem Egotrip machst du dir bei uns keine Freunde.«

»Dann war sie wohl ziemlich isoliert«, folgerte Sophie und wählte einen bekümmerten Gesichtsausdruck.

»Zuletzt ja. Da blieben nicht mehr viele, die sich mit ihr abgaben«, meinte Yoko. »Außer vielleicht noch die Michaela. Die sieht immer das Gute im Menschen.«

»Michaela? Wohnt die auch hier im Heim?«, wollte Sophie wissen.

»Ja. Die war lange Zeit ziemlich dicke mit Chris. Irgendwie waren sich die beiden recht ähnlich. Nicht nur vom Aussehen her, sondern auch sonst so. Die gleiche Denke, du verstehst?«

»Klar.« Noch einmal fragte Sophie: »Michaela hat hier auch ein Zimmer? Wo denn?«

»Die Nummer 219. Aber spar dir die Mühe, bei ihr zu klopfen. Ist nicht da.«

»Mal kurz weg? Zum Einkaufen? Oder hat sie gerade Vorlesung?«

»Nee. Ist schon ne Weile fort«, wusste Yoko. »Ist bei der aber völlig normal. Michaela nimmt es nicht so genau mit ihren Kursen. Deshalb hat sie bisher auch kaum Scheine gemacht. Ich glaub, irgendwann hängt sie das Studium komplett an den Nagel und heiratet irgendeinen Porschefahrer. Sag ja: Ganz ähnlich wie die Chris. Bei der habe ich dasselbe erwartet.«

Die Unterhaltung hat nicht gerade ein gutes Licht auf die Verstorbene geworfen, dachte Sophie, nachdem sie sich von Yoko verabschiedet hatte. Aber die Meinung einer einzelnen Kommilitonin war ja wenig repräsentativ. Sophie musste weitere Stimmungsbilder einholen. Da sie nichts unversucht lassen wollte, klopfte sie auch am Zimmer von Michaela, der Nummer 219. Wie Yoko angekündigt hatte, machte niemand auf. Sophie probierte es erneut, abermals ohne Erfolg. Schließlich lehnte sie sich an die Tür und presste ihr Ohr darauf, in der Hoffnung ein Geräusch aus dem Zimmer aufzuschnappen. Innen aber blieb es mucksmäuschenstill.

»Kann ich dir helfen?«

Sophie zuckte zusammen. »Oh ... äh ...«

Eine pummelige Frau, Anfang 20, mit zotteligem Haar, klimperte mit einem Schlüsselbund. »Wenn du zu Michaela willst: Die ist nicht da.« Sie steckte einen ihrer Schlüssel ins Schloss. »Deswegen gieße ich ihre Blumen«, erklärte sie und sperrte auf.

Sophie, die sich wieder gefangen hatte, folgte ihr in ein chaotisch eingerichtetes Zimmer, das vor Pflanzen überquoll. Die Luft war warm und feucht wie in einem Gewächshaus. »Wo ist sie denn? Verreist? Mitten im Semester?«

»Keine Ahnung, wo sie steckt. Michaela schert sich nicht darum, ob wir gerade vorlesungsfreie Zeit haben oder nicht«, meinte die kleine Dicke und nahm eine giftgrüne Plastikgießkanne zur Hand. »Manchmal bekommt sie den Rappel und haut einfach ab für ein paar Tage.«

Sophie streifte durch das hoffnungslos überladene Zimmer und spähte nach Anhaltspunkten. »Wann erwartest du sie denn zurück?«

»Gar nicht. Irgendwann ist sie plötzlich wieder da. So läuft das immer bei ihr.« Sie tränkte eine Zimmerpalme mit reichlich Wasser.

»Machst du dir gar keine Sorgen, wenn Michaela einfach verschwindet?«, fragte Sophie und warf einen Blick auf den Schreibtisch, auf dem sich haufenweisen Papier und aufgeschlagene Bücher stapelten.

»Nö. Ich sag doch: Das ist völlig normal bei Michaela.« Sie stöhnte, während sie die Gießkanne nachfüllte. »Nur frag ich mich, warum man sich so viel Grünzeug anschafft, wenn man kaum zu Hause ist.«

»Da kann Michaela froh sein, dass es hilfsbereite Menschen wie dich gibt«, meinte Sophie. Sie entdeckte ein bambusbraunes Lederhandtäschchen, das über der Schreibtischstuhllehne baumelte, und nutzte einen unbeobachteten Moment, um es unter ihrer Jacke verschwinden zu lassen.

Das Haus oder vielmehr die Villa, vor der Konrad Keller stand, war alt, stellte aber durch Lage, Größe und Protz etwas dar. Genau wie ihr Besitzer, dachte Keller und zog an der Kordel einer altertümlichen Türklingel.

Schlurfende Schritte näherten sich von innen, und Keller hätte es nicht gewundert, hätte ihm ein Butler mit gebeugtem Rücken und abgetragenem Schwalbenschwanzsmoking geöffnet. Stattdessen machte der Hausherr persönlich auf: Reinhold Stubenbrot, die Lesebrille im krausen grauen Haar, eine ockergelbe Strickjacke über den Schultern, sah ihn überrascht an.

»Sie? Haben Sie es sich also anders überlegt und übernehmen den Auftrag?« Ein zufriedenes, beinahe selbstgefälliges Lächeln breitete sich auf den schmalen Lippen des Männchens aus. »Meine Rede: Jeder ist käuflich. Nur der Preis muss stimmen. Welcher Betrag schwebt Ihnen vor?«

»Ich bin nicht interessiert an Ihrem Geld. Der Fall ist es, der mich reizt«, machte Keller deutlich. »Berufskrankheit, wenn Sie verstehen.«

Der Alte verstand nur zu gut, rieb sich die Hände und bat Keller herein.

Die Inneneinrichtung entsprach Kellers Erwartung: gediegen und in die Jahre gekommen, hier und da ein wenig Kitsch, ansonsten düster und angestaubt. Stubenbrot führte Keller zunächst in eine Art Bibliothek, deren hohe und gut bestückte Bücherregale den Besucher wohl beeindrucken und den vermeintlichen Intellekt des Gastgebers vor Augen führen sollten. Bei Keller zog das nicht, denn bekanntlich konnte man sich Literatur als Meterware beim Raumausstatter kaufen. So unbenutzt, wie die Buchrücken aussahen, meinte Keller mit dieser Vermutung hier richtig zu liegen.

Ohne Umschweife kam er auf den Fall Christina Fink zu sprechen und stellte Stubenbrot vor vollendete Tatsachen: Es habe neben ihm auch andere Männer in Christinas Leben gegeben, sagte Keller ihm offen ins Gesicht – das sich prompt puterrot einfärbte.

Mit Stubenbrots Lässigkeit und Snobismus war es schlagartig vorbei: Wie Rumpelstilzchen hüpfte er durch den Raum, mal auf dem einen Bein, mal auf dem anderen, immerwährend zeternd und wüste Beleidigungen um sich werfend.

»Ungeheuerlich!«, schimpfte er. Wie Keller denn auf diese abstrusen Ideen komme, wollte er wissen. Das sei doch erstunken und erlogen. Üble Nachrede. Ob es ihm etwa Spaß mache, der Verstorbenen so böse Dinge nachzusagen und ihre Treue zu ihm in Zweifel zu ziehen?

Keller ließ das emotionale Unwetter über sich hinwegziehen, um dann seelenruhig zu sagen: »Sie wollten, dass ich mich umhöre. Das habe ich getan. Wenn Ihnen das Ergebnis meiner Ermittlung nicht passt, kann ich das nicht ändern. Sie müssen selbst mit der Wahrheit klarkommen. Apropos ...« Keller ging auf den noch immer zornroten Gnom zu, sah ihm direkt in die Augen und fragte scharf: »Sie nehmen es mit der Wahrheit nicht so genau, oder?«

»Wie? Was?«, fragte Stubenbrot konsterniert.

»Sie haben mir – wenn überhaupt – nur die halbe Wahrheit über Ihre Beziehung zu Frau Fink erzählt. Um es mal frei heraus zu sagen: Die große romantische Liebe zwischen blutjungem Mädchen und erfahrenem Mann von Welt, die Sie mir auftischen wollten, nehme ich Ihnen nicht ab.«

In Stubenbrots zerknautschtes Gesicht gruben sich tiefe, böse Falten, und für den Moment sah es so aus, als würde ihn der nächste Wutausbruch heimsuchen. Doch er riss sich am Riemen und traf die Entscheidung, Keller ins Vertrauen zu ziehen: »Um meine besondere Beziehung zu Christina zu verdeutlichen, muss ich etwas ausholen«, sagte er nun sehr viel ruhiger, beinahe flüsternd. »Sie müssen wissen, dass ich mehrere gescheiterte Ehen hinter mir habe. Fünf an der Zahl. Man sollte meinen, dass man im Alter vernünftiger wird und weiser. Aber wie Sie sicherlich aus eigener Erfahrung wissen, ist diese Annahme nicht haltbar. Oder würden Sie sich als altersweise bezeichnen?«

»Ich bin nach wie vor mit meiner ersten Frau verheiratet, wenn Sie das meinen.«

»Nein, nein, Sie können sich denken, worauf ich anspiele: Menschen tun sich schwer damit, sich zu verändern, der Charakter lässt sich nicht wirklich verbiegen. Was den Bund fürs Leben anbelangt, scheine ich nun mal einen schwach ausgeprägten Charakter zu haben. Meine Ehen sind samt und sonders gescheitert, untergegangen mit Pauken und Trompeten.«

»Trotzdem wollten Sie es noch einmal wissen: mit Christina an Ihrer Seite.«

»Richtig. Ich habe mich dafür entschieden, mit ihr zusammen einen letzten Versuch zu unternehmen. Denn im Gegensatz zu ihren Vorgängerinnen hat Chris es verstanden, mit meinen – nun ja – Launen umzugehen und mir meine gewissen Vorlieben nicht zu verübeln.«

Keller sparte sich einen Kommentar und wartete darauf, ob Stubenbrot seine speziellen Vorlieben konkretisieren würde, doch mehr Einsicht in sein Privat- und Liebesleben zu geben, schien er nicht bereit zu sein, denn er erklärte lediglich: »Es hat lange gedauert, bis ich eine Partnerin gefunden habe, die meine Leidenschaften teilt.« Der Alte sah ihn mit gebrochenem Blick an. »Sie verstehen, warum mich ihr Verlust so sehr schmerzt?«

Keller gab keine Antwort, fragte stattdessen: »Wie haben Sie Frau Fink eigentlich kennengelernt?«

»In der Gesellschaft, in der ich normalerweise verkehre, lässt sich schwerlich etwas anbahnen. Die affektierten Weibsbilder, deren einziger Ehrgeiz darin besteht, es in die Spalten der Klatschblätter zu schaffen, können mir gestohlen bleiben. Für die Diskothek bin ich zu alt, der Tanztee ist ausgestorben und auf Chiffreanzeigen in der Zeitung antwortet niemand mehr. Also habe ich mir erklären lassen, wie Kontaktbörsen im Internet funktionieren.«

»Haben Sie gezielt nach einer so jungen Frau gesucht oder hat es sich so ergeben?«

»Ich habe das Alter auf 30 Jahre limitiert, hätte aber wohl auch eine 31-Jährige akzeptiert.«

Keller stießen die Arroganz und der unverhohlene Sexismus des Alten ab, doch er ließ es sich nicht anmerken, als er weiter fragte: »Christina war also die Auserwählte. Und sie hat Ihre Fantasien – oder Leidenschaften, wie Sie es nennen – bereitwillig erfüllt, sagen Sie?«

»Ja, mit vollster Hingabe.« Er geriet ins Schwärmen: »Christina war kühl und rätselhaft, aber auch sinnlich und unberechenbar. Über mangelnde Abwechslung konnte ich mich bei ihr nicht beklagen. Mehr als von ihr konnte man von einer Frau nicht bekommen.«

»Sie tat das ohne jede Gegenleistung?«

»Wie meinen Sie?«

»Sie wissen, was ich meine. Bitte bleiben Sie bei der Wahrheit«, forderte Keller mit strengem Ton.

»Nun – wir wollten heiraten. Ist das Gegenleistung genug?«

»Haben Sie ihr Geschenke gemacht?«

»Das ist doch üblich unter Verlobten. Sie hatte ein Faible für Schmuck. Steine, Perlen, das stand ihr wirklich gut. Und, na ja, es gab auch ein Taschengeld. Als Studentin kommt man heutzutage ja sonst kaum über die Runden.« Stubenbrot grinste gönnerhaft – oder war es doch eher anzüglich?

Keller nahm sein gründlich revidiertes Bild von dem stadtbekannten und als hoch seriös geltenden Hotelier mit nach Hause, um es auf sich wirken zu lassen und weitere Rückschlüsse auf das Wesen von Christina Fink zu ziehen. Dort wurde er bereits sehnsüchtig erwartet: Sophie, die ungeduldig in der winzigen Küche der Kellers auf- und abging, brannte darauf, ihm ihre Beute aus dem Studentenwohnheim zu präsentieren. Sie schilderte ihrem Vater kurz ihre Erfahrungen und hob Michaelas Handtasche einer Trophäe gleich in die Höhe.

Statt des erwarteten Lobs fing sie sich jedoch beinahe eine Ohrfeige ein. »Das war Diebstahl, das hättest du nicht tun dürfen«, sagte Keller scheltend.

Sophie setzte ein Trotzgesicht auf. »Das sehe ich anders: Kannst du mir verraten, welche Frau für mehrere Tage verreist, ohne ihre Handtasche mitzunehmen?« Sie kippte den Inhalt auf den Tisch. Kaugummis, Lippenstift, Haarspangen, Smartphone, Personalausweis und Tampons purzelten heraus. »Das hätte sie nie im Leben in ihrem Zimmer gelassen, wenn sie verreist wäre.«

Da hatte sie recht, dachte Keller, behielt es jedoch für sich. Er nahm ein Paar Spülhandschuhe, zog sie über und begann damit, Michaelas Eigentum Stück für Stück zurück in die Handtasche zu stopfen. Lediglich das Telefon ließ er außen vor.

»Kannst du das einschalten?«, fragte er seine Tochter.

»Nicht ohne die PIN. Wieso? Willst du dir ihre Anrufliste ansehen?«

Keller schüttelte den Kopf. »Mich interessiert vielmehr ihr elektronischer Terminkalender. Falls sie einen geführt hat, könnte er uns Rückschlüsse über ihr Verbleiben geben.« Nun legte er auch das Smartphone in das Täschchen.

»Ich werde das Handy zur Auswertung an Jasmin Stahl weitergeben«, entschied er.

»Und wenn sie wissen will, woher du es hast?«, fragte Sophie mit einem Mal besorgt.

Ihr Vater zwinkerte ihr zu: »Im Zweifelsfall schiebe ich alle Schuld auf dich ab, mein Spatz.«

Als er am nächsten Morgen das Smartphone in die Obhut seiner früheren Mitarbeiterin übergeben und das Präsidium verlassen hatte, führte ihn sein Weg in die Nordstadt, wo Keller den dritten Mann in Christina Finks Leben anzutreffen hoffte: Tom Piero, der in diesem bizarren Liebesdrama die Rolle des jugendlichen Liebhabers spielte und der Keller unmittelbar nach Stubenbrot mit der Suche nach Christinas Mörder betraut hatte. Keller plante, dem jungen Mann eine Handvoll Fragen zu stellen und ihn mit dem Doppel- oder Dreifachliebesleben seiner Freundin zu konfrontieren.

Pieros Gesicht wirkte verquollen, die Augen waren stark gerötet. Vom vielen Weinen aus Trauer um seine Chris? Er lebte in bescheidenen Verhältnissen. Die kleine Wohnung war zweckmäßig eingerichtet und entbehrte abgesehen von einem größeren Flachbildfernseher und einer Hi-Fi-Anlage Luxusartikel jeder Art. Große Sprünge konnte Piero finanziell offenbar nicht machen. Keller musste Piero fragen, womit er sein Geld verdiente. Zunächst aber wollte er ihm in Bezug auf die Verstorbene auf den Zahn fühlen.

»Sie war also Ihre Freundin. Freundin im Sinne von loser Verbundenheit, oder war es etwas Festes?«

Piero schnäuzte sich in ein Tempo. »Seltsame Frage. Freundin heißt Freundin. Das muss man doch nicht erklären«, antwortete er mit belegter Stimme.

»Dann konkreter: Pflegte Ihre Partnerin auch Beziehungen zu anderen Männern?«

Piero lachte auf, doch seine Augen blieben ernst und traurig. »Ich weiß nicht, wie Sie darauf kommen.«

»Sagen Sie mir bitte offen und ehrlich, was Sie über das Liebesleben Ihrer Freundin wissen. Es könnte für die Ermittlungen von Belang sein. Sie möchten doch, dass ich weiter ermittele, oder?«

Piero nickte. »Ja, natürlich möchte ich das. Aber das gibt Ihnen nicht das Recht, Chris zur Hure zu machen. Ich war ihr fester Freund, und sie war treu, das können Sie mir glauben«, sagte er und klang verärgert über Kellers Indiskretion.

Doch der ließ sich nicht bremsen: »Welche Art von sexuellen Kontakten hatten Sie mit ihr? Beischlaf im normalen Rahmen oder haben Sie ausgefallene Praktiken ...«

»Jetzt reicht es aber!« Piero überwand seine trauerbedingte Lethargie und funkelte den Besucher böse an. »Das kann Ihnen völlig egal sein, wann, wo und wie wir es gemacht haben!« Sein Aufbegehren hielt nicht lange an. Seine Augen wurden feucht, als er zu schluchzen begann: »Schön war es mit ihr. Wunderschön und voller Zärtlichkeit. Chris konnte so viel geben. Sie suchte die Nähe zu mir. Stundenlang hat sie sich an mich geschmiegt, mich umarmt und ganz fest gehalten.«

Das war es nicht, was Keller hören wollte. Also musste er noch konkreter werden und von Christinas sehr spezieller Beziehung mit Stubenbrot berichten. Den Namen des Nebenbuhlers verschwieg er wohlweislich.

Piero fiel daraufhin aus allen Wolken. Wie Keller denn darauf käme, wollte er wissen. »Sie wollte es gern harmonisch haben, war nicht an Experimenten interessiert«, behauptete Piero. »Nie!«, schrie er plötzlich. »Niemals hätte sich meine Chris auf so einen Kerl eingelassen. Geekelt hätte sie sich vor dem. Und seine perversen Sexspielchen hätte sie ganz bestimmt nicht mitgemacht. Jedenfalls nicht nüchtern und bei vollem Verstand.«

Keller, nun wieder ganz in seinem Element als knallharter Ermittler, hakte nach: »Heißt das, dass sich Ihre Freundin unter Alkoholeinwirkung mehr gehen ließ?«

»Nein! Sie drehen mir ja das Wort im Mund um! Chris hat gar keinen Alkohol getrunken. Höchstens mal ein Glas Prosecco. Ansonsten hat sie das Zeug nicht angerührt.«

»Wie soll Ihr Konkurrent sie sich denn sonst gefügig gemacht haben? Eine Idee?«

»Nein.« Piero schüttelte hastig den Kopf, sein dickes filziges Haar wirbelte durcheinander. »Ich kann mir nur vorstellen, dass er ihr was anderes gegeben hat.«

»Geld«, verriet Keller. »Manchmal auch Schmuck.«

»Nein, nein, nein. Ich rede von bewusstseinsverändernden Mitteln, Drogen.«

»Hm.« Keller führte nachdenklich seinen Zeigefinger zum Mund. »So viel ich weiß, sind in der Blutprobe Ihrer Freundin keine Rauschmittel festgestellt worden.«

»Es gibt Präparate, die sich sehr schnell verflüchtigen. Ein Nachweis ist dann schwer möglich.«

Das klang ziemlich professionell, fand Keller und brachte die Frage an, die er schon anfangs stellen wollte: »Kennen Sie sich damit wohl aus? Arbeiten Sie in der Branche?«

»Viele Drogen sind Chemie. Und ja, ein bisschen Ahnung davon habe ich als Diplom-Chemiker.«

»Eben erst das Studium beendet oder schon in Lohn und Brot?«, wollte Keller wissen.

»Bei Meister. Nicht gerade ein Global Player, aber für den Anfang ...«

Keller merkte auf. »Haben Sie Chris bei der Arbeit kennengelernt oder waren Sie schon vorher befreundet?«

»Nicht vorher.« Piero schnäuzte sich wieder. »Sie hatte bei Meister vor einem Dreivierteljahr ein Praktikum begonnen und sich große Hoffnungen darauf gemacht, dass es später in eine bezahlte Aushilfsstelle umgewandelt werden würde. Und wahrscheinlich wäre sie nach dem Studium übernommen worden und hätte einen festen Posten bekommen. Sie war sehr gut.«

Gut? Worin genau war sie gut, fragte sich Keller einmal mehr. Auf jeden Fall in der Kunst, Männer für sich einzunehmen.

»Das wäre es fürs Erste«, sagte er.

»Kommen Sie auch zur Beerdigung?«, fragte Piero, während sie sich zum Abschied die Hände schüttelten. »Heute Nachmittag am Westfriedhof.«

»Ich weiß es noch nicht genau«, antwortete Keller ausweichend, der das Auskundschaften der Beerdigungsgäste lieber den Aktiven überlassen und keinesfalls seinem Nachfolger Schnelleisen über den Weg laufen wollte.

Was ihm fehlte, war sein Team: Von früheren Kripozeiten war es Keller gewohnt, dass bei einem Mordfall eine Sonderkommission gebildet wurde. Diese Sokos, die er als Kripochef zumeist selbst zusammenstellte, vereinigte je nach Arbeitsaufwand vier bis sechs fähige Köpfe, ein jeder Spezialist auf seinem Gebiet. Clevere Menschen, die sehr unterschiedlich tickten und durch verschiedene theoretische Ansätze diverse Herangehensweisen aufboten.

Im aktuellen Fall hätte Keller gut eine solche Soko gebrauchen können, denn ihm fehlten Sparringspartner, mit denen er sich austauschen, aber eben auch reiben konnte, was der Sache oft dienlich war. Auf sich allein gestellt fiel es ihm schwer, seine bisherigen Erkenntnisse sinnvoll zu ordnen und Zusammenhänge zu erkennen. Die meisten seiner Gesprächspartner der letzten Tage gaben ihm Rätsel auf. Das größte Rätsel aber stellte die Verstorbene dar. Das Opfer – ein Mysterium.

Bevor er weiter ermittelte und Zeugen befragte, musste er mehr über die äußerst differenzierte Persönlichkeit von Christina Fink herausbekommen. Mangels professioneller Alternative musste wieder einmal die Familie ran. Er erwischte Burkhard während der Mittagspause am Telefon.

»Ich benötige deine psychologische Einschätzung«, leitete Keller ein und schilderte im Detail, was er über die Tote wusste.

Sein Sohn hörte sich alles geduldig an, stellte dann jedoch klar: »Sorry, Paps, aber ich bin Arzt für kleine Tiere, nicht für große Menschen und schon gar kein Seelenklempner.«

»Nun ja, wenn ich deine Geschichten aus der Praxis höre, gewinne ich manchmal den Eindruck, dass du dich mitunter mehr um das Gemüt der Frauchen und Herrchen kümmern musst als um die Wehwehchen ihrer Vierbeiner.«

»Hm. Da magst du recht haben. Also gut. Ich will es mal versuchen, schließlich habe ich an mein Studium ja einige Kurse Psychologie drangehängt, rein aus Interesse.« Er räusperte sich. »Unser Verhalten wird im Wesentlichen von zwei gegensätzlichen Motiven bestimmt: Einerseits wollen wir uns selbst als ehrliche Menschen sehen können.

Andererseits suchen wir stets unseren persönlichen Vorteil. Unsere kognitive Flexibilität hilft uns dabei, diesen Widerspruch aufzulösen. So schaffen wir es, andere zu betrügen und uns zugleich gut dabei zu fühlen, also moralisches Fehlverhalten zu rationalisieren. Diese Fähigkeit scheint bei Christina Fink besonders stark ausgeprägt gewesen zu sein.«

»Mit anderen Worten: Es fiel ihr nicht schwer, um des eigenen Vorteils willen andere an der Nase herumzuführen.«

»Darauf will ich hinaus. Sie hat offenbar früh erkannt, wie sie speziell Männer für sich einspannen konnte, und hatte dank ihres Äußeren und ihres Naturells leichtes Spiel.«

»Ganz so leicht war es nicht. Diese Männer erwarteten Gegenleistungen für ihre Gaben und Förderungen. Aus meiner Sicht grenzt das an Selbstprostitution.«

»Das ist eine Definitionsfrage«, meinte Burkhart. »Denn womöglich fühlte sich Christina wohl bei ihrem Rollenspiel und genoss es, Macht über andere Menschen auszuüben.«

»Du hältst es also für wahrscheinlich, dass der Mörder einer ihrer Liebhaber ist – nämlich derjenige, der Christina auf die Schliche gekommen ist«, folgerte Keller.

»Die beiden Lover, die sich bei dir gemeldet haben, scheiden ja wohl aus«, schränkte Burkhard ein.

»Das ist nicht gesagt«, meinte Keller. »Ich könnte dir aus meinem Berufsleben aus dem Stand heraus mindestens drei Fälle nennen, bei denen der Täter die Tat selbst angezeigt und uns bereitwillig seine Unterstützung angeboten hat. Ganz einfach um von der eigenen Person abzulenken. Denn wer erwartet ausgerechnet im hilfsbereiten, vermeintlich gesetzestreuen Mitbürger den Mörder?« Keller kniff die Augen zusammen, als er hinzufügte: »Glaub mir: Diejenigen, die sich allzu forsch an die Polizei heranmachen und das Opfer am heftigsten betrauern, sind dem versierten Kriminaler suspekt.«

»Soll heißen …«

»Soll heißen, dass Stubenbrot und Piero ebenso auf der Liste meiner Verdächtigen bleiben wie der Dritte im Bund: Meister. Und ich lasse mich bei der Tätersuche weder von Pieros Wehklagen noch von Stubenbrots Gejammer ablenken. Denn fest steht, dass alle drei Männer das gleiche starke Motiv für einen Mord hätten: Eifersucht.«

»Die Liste wirst du wohl offen halten müssen: Angesichts ihres flexiblen Charakters und ihrer moralischen Unbekümmertheit könnte es durchaus noch mehr Männer in ihrem Leben gegeben haben – oder auch Frauen. Womöglich hast du erst die Spitze eines Eisberges freigelegt.«

»Zumindest ist es ziemlich sicher, dass wir es mit Mord aus Leidenschaft zu tun haben, oder?«, fragte Keller.

»Weiß nicht, Paps. Um das zu beurteilen, bist *du* der richtige Mann. Und jetzt muss ich Schluss machen. Draußen wartet ein kurzsichtiger Hamster. Mal sehen, ob ich eine Brille in seiner Größe anfertigen kann«, witzelte Burkhart und legte auf.

»Habt ihr schon was?«, fragte Keller, als er Jasmin Stahl nach dem dritten Versuch endlich in der Leitung hatte.

»Ja, Chef, allerdings.« Die Kommissarin klang euphorisch. »Einen Volltreffer!«

»Lassen Sie hören!« Kellers ganzer Körper kribbelte vor Ungeduld.

»Ein Kollege hat Michaelas Telefon inoffiziell neben der Arbeitszeit ausgewertet – die ist ein Smartphone-Junkie. Sie hat quasi jeden ihrer Gedanken festgehalten in Form von SMS, Mails, Facebook-Eintragungen …«

»Und? Haben Sie herausfinden können, wo sie sich aufhält?«

»Bislang nicht, wir stehen bei der Datenauswertung ganz am Anfang. Fest steht, dass Michaela eine enge Freundschaft mit Christina Fink verbunden hat. Die beiden haben sich nichts verheimlicht. Auch über Christinas diverse Affären haben sie sich ganz offen ausgetauscht. Es existiert sogar ein sehr intimes Foto von Stubenbrot, nackt wie ihn der Schöpfer schuf. Wenn das lanciert würde, wäre sein Renommee dahin.«

»Das wäre dann auch ein handfestes Motiv. Na, fein. Sonst noch irgendetwas Konkretes, das uns zum Täter führt?«

»Nein.« Eine Pause trat ein. »Doch, eines noch, Chef: Die jüngsten SMS-Meldungen sind ziemlich kryptisch. Teilweise abgehackt und mit Tippfehlern gespickt. Als wären sie unter großer Eile oder Aufregung verfasst worden. Michaela hat mit Christina offenbar über ein Thema gestritten, das sich uns bislang nicht erschließt. Sie benutzten eine Art Codewort, um dieses Thema zu umschreiben.«

»Wie lautet dieses angebliche Codewort?«

»Es muss eine Geheimbotschaft sein, denn sonst macht dieses Wort keinen Sinn.«

»Wie heißt es?« Kellers Stimme verriet Ungeduld.

»›Riehon‹ heißt es. Fünfmal haben die beiden diesen Begriff verwendet. Wir glaubten zunächst, es handele sich um einen Namen. Aber einen solchen Namen gibt es nicht in ihrem Umfeld. Und wenn man den Begriff googelt, wird man auch nicht fündig.«

»Riehon? – Seltsam. Ich behalte das mal im Hinterkopf. Vielleicht fällt mir etwas dazu ein.«

*

Gramgebeugt schlich Tom Piero über den Gehsteig. Ein feiner Nieselregen hatte eingesetzt, vor dem sich andere Leute mit Schirmen, Hüten und Regenjacken schützten. Piero indes war es gleichgültig, ob er nass wurde. Ihm war alles egal.

Nach dem Tod seiner großen, seiner wahren Liebe schien seine Welt aus den Fugen geraten zu sein. Nichts wollte ihm mehr gelingen, an nichts und niemandem hatte er noch seine Freude. Die Tage zogen an ihm vorbei, ohne Eindrücke zu hinterlassen – wie verblasste Dias.

Dass er diesen Ex-Kommissar auf Chris' Mörder angesetzt hatte, bereute er mittlerweile zutiefst. Diesen Floh hatte ihm die ermittelnde Kommissarin ins Ohr gesetzt – hätte er sich bloß nicht darauf eingelassen! Denn was hatte Keller denn bewirkt, außer seinen Schmerz zu vergrößern? Nichts! Nichts und wieder nichts. Es gab nach wie vor keinen Beweis dafür, dass Chris nicht selbst verschuldet verunglückt, sondern heimtückisch ermordet worden war. Erst recht war kein potenzieller Mörder in Sicht. Weit und breit ließ sich keine heiße Spur ausmachen. Alles, womit sich dieser verkalkte alte Kommissar beschäftigte, waren seine geschmacklosen sexuellen Fantasien, die er mit aller Gewalt auf Chris projizieren wollte. Abgeschmackt und hinterhältig, zumal sich Chris nicht mehr dagegen wehren konnte.

Nein, nein, dieser Keller dachte in die völlig falsche Richtung. Die Lösung musste ganz woanders zu finden sein – und Piero konnte sich denken, wo. Ja, Chris hatte sich verleiten lassen, aber sicher nicht zu einer Affäre. Keller lag total daneben.

Das wollte Tom Piero nicht länger hinnehmen. Er würde den Kontakt zu Keller abbrechen und seine eigenen Nachforschungen anstellen. Noch heute, gleich nach der Beerdigung seiner Liebsten! Er würde sich nicht auf die falsche Spur leiten lassen wie Keller, sondern die Wahrheit ans Licht bringen. Und diese Wahrheit würde das Bild seiner Chris zurechtrücken. Es würde sie als diejenige zeigen, die sie wirklich war: Eine lebensbejahende, ehrliche junge Frau mit Ambitionen und Talent. Eine, die ganz sicher viel aus ihrem Leben gemacht hätte, ob nun langfristig an seiner Seite oder auch nicht. Das hätte er selbstverständlich ihr überlassen und es akzeptiert, wenn sie sich eines Tages gegen ihn entschieden hätte. Es wäre ihm schwergefallen, doch er hätte sich ihr nicht in den Weg gestellt. Denn er hatte sie aufrichtig geliebt und nur das Beste für sie gewollt: dass sie ihre Zeit auf der Sonnenseite verbrachte und Gelegenheit dazu bekam, den Menschen um sie herum durch ihre positive und motivierende Art Freude zu bereiten, ihre Beliebtheit mehr und mehr zu vergrößern. Wenn die Zeit reif dafür gewesen wäre, hätte sie Kinder bekommen, wäre Mutter einer glücklichen Familie gewesen. Oder sie hätte Karriere gemacht, gewiss eine glänzende. Oder vielleicht sogar beides. Chris hatte er alles zugetraut. Sie war ein starker Mensch gewesen. Eine Stärke, an der sie ihn bis zuletzt hatte teilhaben lassen und die er jetzt schmerzlich vermisste.

Piero schaute nach links und rechts, bevor er die Straße überquerte. Drüben, am Haupteingang des Westfriedhofs, erkannte er schon die ersten schwarz gekleideten Beerdigungsgäste, denen er sich gleich anschließen würde.

Er kreuzte die Fahrbahn zur Hälfte und hielt abermals an. Er musste eine Straßenbahn passieren lassen, bevor er weitergehen konnte.

Inzwischen war der Regen stärker geworden. Die düsteren Wolken verschlechterten die Sicht. Piero zog fröstelnd den Kragen seines Mantels nach oben.

Die Straßenbahn näherte sich bimmelnd, als sich eine Hand auf Pieros Schulter legte. Verwundert wandte er sich um.

»Hallo?«, fragte er und erkannte den Mann erst auf den zweiten Blick. »Ach, Sie sind das.«

Piero rang sich ein Lächeln ab. »Gehen Sie auch zur Trauerfeier?«, fragte er. »Ich denke, es werden viele kommen, sicher auch einige ihrer Kommilitoninnen.« Er wunderte sich ein wenig darüber, dass der andere keine Anstalten machte, die Hand von seinem Rücken zu nehmen. »Ich frage mich, ob auch ...«

Die Straßenbahn ratterte auf sie zu, der Boden vibrierte unter ihrem Gewicht.

Wegen des Dröhnens der Tram konnte Piero seinen letzten Satz nicht zu Ende führen. Er zog entschuldigend die Mundwinkel nach oben.

Das war der Moment, in dem ihm der andere einen kräftigen Stoß versetzte. Piero stolperte zwei Schritte, verlor das Gleichgewicht. Stürzte auf die Gleise.

*

Jochen nahm sie in den Arm und vergrub sein Gesicht in dem zarten, feinen Haar. Er füllte seine Lungen mit ihrem Duft. Seine Hände wanderten über ihren Rücken und erkundeten die Muskeln und Sehnen unter der samtweichen Haut. Sie füllte seine Hände mit pulsierendem Leben. Er kostete die Begegnung aus, die sich ebenso unverhofft wie plötzlich ergeben hatte.

Er kannte Lea schon lange. Sie arbeitete im Vertrieb des Verlages, oft hatten sie sich im Flur gesehen, hatten sich zugelächelt, ab und zu ein paar unverbindliche Worte miteinander gewechselt. Dass sie sich heute zur gemeinsamen Mittagspause entschlossen, hatte sich einfach so ergeben. Noch größer erschien Jochen der Zufall zu sein, dass sie diese Pause statt in der Kantine in seiner Wohnung verbrachten.

Ohne großartige Erklärungen entledigten sie sich ihrer Kleider. Stürzten sich aufeinander, als hätten beide lange auf diesen Moment gewartet. Lea, viel temperamentvoller als vermutet, ließ ihren Körper sprechen, von den Hüften bis zu den kleinen runden Brüsten, die sich gegen seinen flachen Oberkörper pressten. Und er antwortete verlangend. So durchquerten sie das Zimmer, wurden in ihren Bewegungen eins, im rhythmischen Puls der Leidenschaft.

Zwanzig Minuten später fiel Jochen erschöpft ins Kissen. Lea lächelte ihn herausfordernd an, hatte noch nicht genug – Jochen aber schon. Er hangelte sich seine Armbanduhr, tippte auf das Zifferblatt und stellte fest: »Mittag ist vorbei.«

»Lass uns die Pause heute verlängern«, hauchte Lea und benetzte seine Brust mit Küssen.

Er entwand sich ihr und sammelte seine Klamotten ein. »Sorry, aber ich muss ...«

»Was musst du?«, fragte die hübsche Nackte, die keine Anstalten machte, das Bett zu verlassen.

Jochen hatte keinen drängenden Termin parat, den er als Vorwand hätte heranziehen können. Umso dankbarer war er, als sein Handy klingelte.

»Ja?«, meldete er sich. »Was? Sehr eilig? – Okay, ich bin sofort da. Bis gleich!«

Mit einem entschuldigenden Schulterzucken verließ er das Zimmer. »Du hast ja selbst gehört«, meinte er im Gehen. »Ich muss dringend los.«

»Und ich?«, fragte Lea und klang gar nicht mehr verzückt.

Da Jochen weder eine nette noch eine originelle Antwort einfiel, sagte er nur: »Bleib, so lange du magst«, bevor er die Wohnungstür ins Schloss fallen ließ.

In der Martin-Richter-Straße wurde er bereits erwartet: Doris hatte eine Portion mehr gekocht, sodass er doch noch zu seinem Mittagessen kam. Mit Reis gefüllte Paprika, eines seiner Lieblingsgerichte aus Kindertagen. Sein Vater Konrad saß neben ihm am Küchentisch und wartete höflich ab, bis Jochen den Teller geleert hatte. Es war ihm aber deutlich anzusehen, dass er darauf brannte, Jochen Neuigkeiten über seinen aktuellen Fall zu offenbaren.

Jochen jedoch ließ sich Zeit, schmatzte genüsslich vor sich hin. Er konnte sich glücklich schätzen, so eine Familie zu haben. Sie bot ihm einen Zufluchtsort vor seinem eigenen unsteten Leben. Hier fand er die Geborgenheit, die er sich sonst versagte. Bei Konrad und Doris zu sein, das war wie als Jungvogel im Nest zu sitzen und sich umsorgen zu lassen.

Es war sehr angenehm, jedoch nur für eine gewisse Zeit. Denn lange hielt er es hier nie aus. Das ganze Mittelstandsgehabe fiel ihm recht bald auf die Nerven, denn tief in seinem Innern verspürte er eine Abneigung gegen Bürgerlichkeit und gegen den sanften körperlichen und geistigen Tod, der in den Mietshäusern dieser Gegend lauerte. Aber noch genoss er die häusliche Harmonie. Ab und zu brauchte er nun mal den warmen Luftzug aus der heilen Welt der Familie, wenn sie auch noch so langweilig sein mochte.

»Ich bin auf deine journalistische Kompetenz angewiesen«, eröffnete Konrad Keller das Gespräch, nachdem sein Sohn das letzte Reiskorn zwischen seinen schwelgenden Lippen hatte verschwinden lassen.

»Journalistische Kompetenz – hört sich gut an. Was willst du wissen?«

»Gestern hat sich erneut ein Unfall ereignet, der unter Umständen keiner war.« Keller berichtete, dass Christina Finks Freund Tom Piero unter eine Straßenbahn geraten und tödlich verletzt worden sei. »Zum Zeitpunkt des Vorfalls hat es stark geregnet. Es herrschte schlechte Sicht, und womöglich hat Piero die Tram übersehen.«

»Aber? Weshalb zweifelst du an der Unfallversion?«

»Zeugen, die in der Straßenbahn saßen, wollen eine zweite Person an Pieros Seite gesehen haben. Ob und wie diese zweite Person beteiligt gewesen ist – ob sie Piero geschubst hat oder ihm helfen wollte – lässt sich nicht feststellen. Dazu sind die Aussagen zu widersprüchlich.«

»Das bedeutet?«, fragte Jochen mit wachsender Ungeduld. »Mensch, Paps, lass dir doch nicht jedes Wort aus der Nase ziehen.«

»Die Sache ist so, dass Jasmin Stahl Zusammenhänge vermutet und Handlungsbedarf sieht, während der werte Herr Chefermittler Schnelleisen wieder einmal die Unfalltheorie favorisiert und wie üblich die Hände in den Schoß legt. Kein Wunder, dass seine Aufklärungsquote so hoch ist, wenn er die meisten Straftaten einfach übersieht oder sie als Unfall deklariert.«

»Das mag bitter für dich sein, ist aber seine Sache. Denn er ist jetzt der Boss bei der Kripo und nicht mehr du«, meinte Jochen ungerührt.

»Danke für dein Einfühlungsvermögen«, entgegnete

Keller gepresst. »Ich bin jedenfalls nicht gewillt, durch Schnelleisens Scheißegal-Haltung einen Mörder entkommen zu lassen.«

»Was willst du dagegen tun?«

»Ich gar nichts, sondern du! Du musst dafür sorgen, dass auf Schnelleisen genügend Druck aufgebaut wird, um ihn aus seiner Lethargie zu reißen. Ihr müsst Pieros Tod in eurem Blatt hochspielen und die Frage aufwerfen, ob die Polizei schläft.«

»Das kann uns in Teufels Küche bringen. Da ruft doch gleich die Staatsanwaltschaft bei uns an«, versuchte Jochen abzuwiegeln.

»Keine Sorge. Der schärfste Hund bei denen, Oberstaatsanwältin Blohm, ist in Urlaub. Die macht zusammen mit ihrem Mann die Karibik unsicher. Und mit den anderen ist nicht zu rechnen, solange ihr nur Fragen stellt und keine Unterstellungen abdruckt.«

Doris servierte den Nachtisch: Zitronencremepudding mit Sahne.

»Also gut«, stimmte Jochen verhalten zu. »Ich werde es versuchen.«

Als Jochen gegangen war, drückte Konrad seiner Doris einen Kuss auf die Wange.

»Danke für deine Unterstützung«, sagte er ihr sanft ins Ohr.

»Meinst du das Essen?«, stellte sich seine Frau begriffsstutzig. »Hat es dir auch so gut geschmeckt wie Jochen?«

»Du weißt, wofür.« Er neigte den Kopf und sah sie liebevoll an. »Dass du mich gewähren lässt.«

»Dass ich euch gewähren lasse«, ergänzte sie seufzend. »Warte nur: Irgendwann fordere ich meine Gegenleistung dafür.«

*

Zwei Anrufe gingen kurz hintereinander ein, als Konrad Keller mit seiner Frau anderntags am Frühstückstisch saß und mit einem Gefühl großer Zufriedenheit die Tageszeitung las. Jochen hatte es geschafft und den Straßenbahnunfall als Aufmacher auf der ersten Lokalseite platziert.

Der erste Anruf kam erwartungsgemäß direkt aus dem Präsidium. Jasmin Stahl meldete sich und klang aufgeregt: »Bei uns ist die Hölle los. Der Polizeipräsident hat Schnelleisen bei sich antanzen lassen, kaum dass er ins Büro gekommen ist. Jetzt hockt er in seinem Zimmer, mit hängenden Flügeln.«

»Er soll sie nicht hängen lassen, sondern zum Schwingen bringen!«, rief Keller anspornend in den Hörer. »Es muss dringend etwas geschehen, ehe noch mehr passiert. Vor allem muss mit Hochdruck nach dieser Michaela gefahndet werden. Wir wissen ja, dass Chris sie ins Vertrauen gezogen hat, was ihre Liebeleien anbelangt. Chris könnte Michaela gegenüber auch Andeutungen gemacht haben, welchem ihrer Liebhaber sie Gewalttätigkeiten bis hin zu Mord zutraute.«

»Die Suche läuft. Außerdem will Schnelleisen Reinhold Stubenbrot zur Befragung einbestellen. Und Christina Finks Leichnam wird exhumiert und kommt endlich doch noch in die Gerichtsmedizin.«

»Na, fein. Wird aber auch Zeit.« Er klopfte mit einem Löffel auf die Schale eines hart gekochten Eies. »Dann kann ich mich ja wieder zurücklehnen und mein Rentnerdasein genießen.« Bei diesen Worten zwinkerte er Doris zu, die zweifelnd den Kopf schüttelte.

»Ich werde Sie auf dem Laufenden halten«, sagte Jasmin Stahl und beendete das Gespräch.

Der zweite Anruf folgte weniger als fünf Minuten später. Es meldete sich Kellers alter Freund Uwe, mit dem er eine berufsferne Leidenschaft teilte: Schon seit Jahren schraubten Keller und der ebenfalls pensionierte Diplom-Physiker an einem alten VW-Transporter der T1-Reihe herum, mit dem hehren Ziel, den Oldtimer eines Tages wieder fahrtüchtig zu machen. Daher auch der Anruf.

»Wie schaut es aus?«, fragte Uwe. »Hast du heute Zeit, um am Bus zu basteln? Sagen wir um drei in der Garage?«

Keller wog ab. Besonders große Lust hatte er nicht. »Eigentlich wollte ich mit Doris in die Stadt. Einkaufsbummel.« Eine Ausrede, die ihm spontan eingefallen war und ihm dezenten Applaus seiner Frau einbrachte.

»Aber irgendwann müssen wir weitermachen, sonst wird das nichts mehr. Vor allem müssen wir uns an den größten Brocken wagen: die neue Kardanwelle.«

»Ach, herrje. Dieses Problem hatte ich völlig verdrängt. Was wird die denn kosten?«

»Mit 500 oder 600 Euro musst du rechnen.«

»So viel?« Keller überschlug die übersichtlichen Bestände auf seinen Sparkonten.

»Mein lieber Konrad«, hielt Uwe ihm vor. »Du weißt doch: Nichts im Leben ist umsonst.«

Diese Binsenweisheit setzte sich aus einem zunächst nicht erklärbaren Grund in Kellers Hinterkopf fest. Er hatte das Telefonat längst beendet, als er sich mit der flachen Hand auf die Stirn schlug.

»Was ist los?«, fragte Doris, die gerade den Tisch abräumte. »Ein Geistesblitz?«

»So ähnlich, ja. Uwe hat mich auf etwas gebracht. Ich muss unbedingt noch einmal mit Jasmin Stahl reden.«

»Hast du ihr nicht gerade gesagt, dass du dich von dem Fall zurückziehst?«

»Ja, aber nun muss ich mich von meinem Rückzug zurückziehen«, witzelte Keller, die Hand bereits wieder am Telefon.

Jasmin Stahl aber war nicht zu sprechen. Frühestens am Nachmittag könnte er sie erreichen, teilte ihm ein Kollege mit.

Die Zeit bis dahin zog sich für Keller in die Länge wie ein Kaugummi. Da die Kommissarin ihr Handy nicht eingeschaltet hatte, blieb ihm nichts anderes übrig als zu warten.

Während er den Wohnzimmertisch umrundete, inszenierte er in seinen Gedanken einen potenziellen Tatablauf: Demnach hatte Chemie-Boss Armin Meister – entgegen seinen Behauptungen und getreu Uwes Weisheit – eben doch Sex mit Christina Fink gehabt. Nichts ist umsonst: Dafür, dass Meister seine Praktikantin protegierte, forderte er eine Gegenleistung. Da der verheiratete Meister sich mit ihr schwerlich in seiner Wohnung treffen konnte und er im Studentenwohnheim nicht erkannt werden wollte, suchten sich beide ein verschwiegenes Liebesnest in der Nähe der Firma: das Volksbad. Dort trafen sie sich für ihre gelegentlichen Schäferstündchen.

Aber Christinas Vorstellungen gingen viel weiter, als sich von Meister einen Job in seinem Unternehmen verschaffen zu lassen. Sie wollte Einfluss, die Garantie auf eine schnelle und steile Karriere. Meister stellte sich ihren ausufernden Forderungen in den Weg, woraufhin Christina drohte, ihre Affäre Meisters Frau zu beichten. Daraufhin fühlte sich Armin Meister in die Enge gedrängt, wusste keinen anderen Ausweg, als sich der erpresserischen Geliebten zu entledigen.

Ja, dachte Keller zufrieden, so könnte es sich abgespielt haben. Dieser hypothetische Ablauf ergab einen Sinn und klang rund. Endlich hatte er eine Theorie, die durch ein Kreuzverhör mit Meister und einer nachträglichen Spurensicherung im Volksbad sehr schnell bestätigt werden könnte. Er brannte darauf, Jasmin Stahl seine Überlegungen zu unterbreiten. Daher wollte er auch sogleich loslegen, als er sie gegen 16 Uhr endlich erreichte.

Doch die Kommissarin würgte ihn ab, wollte selber reden: »Es ist alles anders«, sagte sie hörbar irritiert. »Wir müssen bei Null anfangen, das Ganze neu aufrollen.«

»Was ist passiert?«, fragte Keller verblüfft.

»Die Tote aus dem Volksbad – ich habe das Autopsieergebnis vor mir liegen. Sie ist …«

»Reden Sie schon: Was ist los?«

»Es ist gar nicht Christina Fink«, ließ sie die Bombe platzen.

Keller war erschüttert. »Was? Wie?« Er verstand gar nichts mehr.

»Es handelt sich bei der Toten definitiv nicht um Christina Fink«, wiederholte Jasmin Stahl.

»Aber sie ist doch identifiziert worden, und sie trug die richtigen Ausweispapiere bei sich.«

»Wir haben noch keine Erklärung für die Papiere, die bei der Leiche gefunden wurden. Was die Identifizierung anbelangt: Wahrscheinlich war das Gesicht durch den Aufprall doch zu stark entstellt, sodass sich die Angehörigen getäuscht haben.«

Keller atmete tief ein und wieder aus. »Wer ist es dann? Wie heißt die Tote wirklich?«

Jasmin Stahl antwortete erst nach längerem Zögern, so sehr war sie selbst betroffen von der dramatischen Veränderung der Lage: »Es ist … es ist Michaela.«

*

»Was ergibt das für einen Sinn? Gar keinen!« Schnelleisen raufte sich das filzige graue Haar. Frust und Wut standen in seinem fahlen, pockennarbigen Gesicht. »In einer Stunde erwartet mich der Polizeipräsident zum Rapport. Was, um Himmels willen, soll ich ihm dann sagen?«

Jasmin Stahl stand vis-à-vis vor Schnelleisens Schreibtisch, umgeben von Regalen voller Aktenordner, geschmackloser Deko und Zimmerpflanzen, die mangels Wasser und Ansprache traurig die Blätter hängen ließen. »Ich weiß es nicht, Herr Schnelleisen.«

»Das reicht mir nicht.« Seine Faust donnerte auf die Tischplatte und brachte Locher und Tesafilmroller zum Tanzen. »Ich brauche Fakten, und zwar sofort.«

Jasmin Stahl seufzte. »Bisher können wir nur Vermutungen anstellen. Es wäre möglich, dass das Volksbad Christina Fink als heimlicher Treffpunkt mit einem oder mehreren Verehrern diente. Aus bisher unerfindlichen Gründen erschien sie zu ihrem letzten Rendezvous nicht selbst, sondern schickte ihre Freundin Michaela vor. Um den Schein zu wahren, überließ Christina ihr Jacke und Handtasche, in der sogar noch ihr Personalausweis steckte. Natürlich durchschaute der unbekannte Lover die Charade sehr schnell, und wahrscheinlich war dies sogar beabsichtigt. Denn offenbar hatte Christina genug von dem Mann, vielleicht weil er zu anhänglich geworden war. Sie ließ die Freundin beim heimlichen Rendezvous auftauchen, um ihn zu verschrecken, vorzuführen, ihn endgültig loszuwerden. Aus dieser als Scherz gedachten Abfuhr wurde bitterer Ernst, da der verprellte Verehrer völlig anders reagierte als erwartet. Er sah sich der Lächerlichkeit preisgegeben, und anstatt mit eingeklemmtem Schwanz das Weite zu suchen, begehrte er auf und nahm tödliche Rache. Da Christina nicht greifbar war, fiel ihm Michaela zum Opfer.«

»Theorie, nichts als blanke Theorie!«, motzte Schnelleisen. »Aber ist sie belastbar? Nein!« Tiefe Furchen bildeten sich auf seiner Stirn. »Reinhold Stubenbrot hat ein lupenreines Alibi für den Tatzeitraum. Ich habe mich zum Affen gemacht, als ich ihn heute früh befragt habe. Und ich bin sicher, dass er sich beim Chef über uns beschweren wird. Und dieser Piero hat es vorgezogen, sich vor eine Tram zu werfen, statt sich von mir verhören zu lassen.«

»Dann müssen wir Armin Meister vernehmen ...«

»Um uns ein weiteres Mal zu blamieren?« Schnelleisen funkelte seine Untergebene böse an. »Wir können den Inhaber eines renommierten Unternehmens wie der Meister Holding nicht aufs Geratewohl einbestellen und mit einem Tatvorwurf konfrontieren. Nicht, solange uns jedes Indiz für seine Beteiligung fehlt. Im Unterschied zu Stubenbrot ist bei ihm ja nicht einmal sicher bestätigt, dass er ein Verhältnis mit Frau Fink hatte. Wir haben nichts, ich wiederhole: NICHTS in der Hand.« Er schob seinen Stuhl zurück und richtete sich zu seiner vollen Größe von stattlichen ein Meter neunzig auf. Mit ausgestrecktem Arm deutete Schnelleisen auf die Tür. »Sie werden sich auf die Socken machen. Hören Sie sich in dem Studentenwohnheim um. Lassen Sie keinen Stein auf dem anderen! Ich will alles wissen über Michaela und noch mehr über Christina Fink. Wir müssen in Erfahrung bringen, wo sie sich aufhält. Denn nur sie kann uns sagen, wer unser Mörder ist.« Er scheuchte sie mit seinen Händen. »Und jetzt: hup, hup!«

Jasmin Stahl nickte ergeben und verließ das Büro.

»Ermittle im Wohnheim. Befragung von Meister tabu«, teilte Jasmin Stahl Keller per SMS mit. Der verstand den Wink und wusste, was zu tun war.

»Ich fahr noch mal los«, rief er aus dem Flur ins Wohnzimmer, während er sich den Mantel überwarf. »Ich knöpfe mir Armin Meister vor.«

»Sei vorsichtig«, ermahnte ihn Doris. »Lass dich auf nichts ein, was dir später leidtun könnte, meide jedes Risiko.«

»Keine Sorge. Ich besuche ihn in seinem Büro. Das ist ein Glaskasten mit einem Haufen Sekretärinnen und Mitarbeitern drum herum. Selbst wenn er tatsächlich unser Mann sein sollte, wird er mir dort, vor all den Zeugen, garantiert nichts antun.«

»Hoffentlich sieht er das genauso.«

Keine halbe Stunde später erreichte er sein Ziel. Die Verwaltung der Firma Meister hieß Keller mit der gleichen nüchtern-professionellen Atmosphäre willkommen wie bereits bei seinem ersten Besuch. Ohne Umschweife gelangte er ins Chefsekretariat, wurde dort jedoch um Geduld gebeten. Der Geschäftsführer habe zu tun, hieß es.

Keller nahm im Besucherraum Platz und verkürzte sich die Zeit, indem er in einem Pharma-Fachmagazin blätterte.

»Es ist gut, dass Sie kommen, Frau Kollegin«, sagte der Streifenpolizist. »Eine Mieterin hat uns benachrichtigt. Ihr war das aufgebrochene Türschloss aufgefallen.«

Jasmin Stahl musterte zunächst den etwas behäbig wirkenden Beamten, dessen Uniformjacke über einem großen runden Bauch spannte. Dann widmete sie sich dem Schloss von Christina Finks Zimmer, das bei oberflächlicher Betrachtung völlig normal aussah, beim näheren Hinschauen aber Zeichen eines gewaltsamen Aufbruchs aufwies.

»Waren Sie schon drin?«, fragte sie.

»Nein, wir wollten auf die Kripo warten.«

»Die ist ja nun da.« Jasmin deutete auf die umstehenden, neugierig blickenden Studenten, die den Gang bevölkerten. »Sorgen Sie dafür, dass die Leute verschwinden. Hier gibt es nichts zu sehen.«

Sie selbst stieß vorsichtig mit der Fußspitze die Tür auf, betrat den kleinen Raum – und schreckte im nächsten Moment zurück. Das Zimmer war total verwüstet worden. Als hätte ein Orkan in dem bescheidenen Quartier gewütet, waren sämtliche Schubladen herausgerissen, Bücher und Folianten gewaltsam aus den Regalen geholt und der schmale Kleiderschrank durchwühlt worden. Unverkennbar, dass hier jemand nach etwas gesucht hatte. Aber nach was?

Auf Anhieb fiel Jasmin Stahl nur ein, dass es sich um einen belastenden Brief gehandelt haben könnte. Einen Liebesbrief vielleicht. Sie nahm ihr Handy zur Hand und übermittelte Keller eine weitere SMS-Botschaft.

Das SMS erreichte Keller, als er sich gerade in einen Artikel über Heuschnupfenprophylaxe vertieft hatte, ein Thema, das für Sophie interessant sein könnte, die jeden Frühling zur Pollenflugsaison durch die Hölle ging. Er las die Nachricht, die einen Auftrag enthielt. Er sollte Meister auf einen Liebesbrief oder andere Korrespondenz mit Christina Fink ansprechen und darauf achten, wie er reagieren würde.

»Herr Keller«, rief ihn eine Sekretärin auf, die er noch nicht kannte. Eine strenge Mittfünfzigerin mit Designerbrille und merlotroten Lippen. »Herr Meister hat jetzt Zeit für Sie. Aber bitte nicht länger als eine Viertelstunde.«

Meister, jovialer Geschäftsmann durch und durch, begrüßte ihn mit einem festen Händedruck. »Was kann ich heute für Sie tun, Herr Keller? Noch mehr Fragen, auf die Sie eine Antwort suchen?«

»Es hat sich inzwischen einiges ergeben«, leitete Keller ein. »Die Polizei wird nun doch ermitteln. Der Tod der jungen Frau im Volksbad war kein Unfall.«

Meister hob kaum merklich die rechte Braue. »Ach, nicht? Frau Fink ist doch nicht etwa wirklich ermordet worden? Ich meine: Wer sollte denn eine unbescholtene junge Dame ...«

»Bei der Toten handelte es sich nicht um Christina Fink«, unterbrach ihn Keller und taxierte sein Gegenüber aufmerksam.

»Nicht?« Meister zeigte seine Verblüffung, indem er unschlüssig die Hände hob. Er war anscheinend hin- und hergerissen zwischen Freude über die gute Nachricht und der sich daraus ergebenden Frage, um wen es sich bei der Toten denn wirklich handelte.

Keller wartete einen Moment, bis er das Geheimnis lüftete: »Nein. Es war eine Freundin, die ihr sehr ähnlich sah. Christina selbst ist verschwunden.« Er räusperte sich. »Herr Meister, Sie werden über kurz oder lang Besuch von der Polizei bekommen. Sie werden sich die Frage anhören müssen, ob Sie ein Verhältnis mit Frau Fink hatten.«

Meister winkte ab. »Ich habe Ihnen doch bereits klipp und klar gesagt, dass das nicht der Fall war. Bei allem Verständnis für Ihren Elan, Herr Keller, aber ich verbitte mir derartige ...«

Wieder fuhr ihm Keller ins Wort: »Haben Sie ihr Briefe geschrieben?«

»Bitte, was?« Meister sah ihn entgeistert an.

»Sie haben mich schon richtig verstanden. Ich möchte wissen, ob Korrespondenz im Umlauf ist, die Sie vor Ihrer Ehefrau verbergen möchten.«

Meister lachte auf. So laut, dass die Mitarbeiter in den angrenzenden Büros durch die transparenten Trennscheiben zu ihnen herübersahen. »Ich bitte Sie, Herr Keller. Was soll denn das nun wieder heißen? Sie erwarten nicht ernsthaft eine Antwort auf diese impertinente Frage.«

»Doch, ich erwarte eine Antwort von Ihnen. Haben Sie Christina einen Liebesbrief geschrieben oder Ähnliches, das Sie kompromittieren könnte?«

Meister, dessen Haar und Krawatte noch genauso akkurat saßen wie beim Beginn ihres Gesprächs, zeigte nicht die geringsten Anzeichen von Nervosität oder Unsicherheit. »Sehe ich aus, als würde ich Liebesbriefe verfassen? Dazu habe ich weder Zeit, noch den nötigen Sinn für Poesie«, antwortete er mit sarkastischem Unterton.

Keller ärgerte sich, fand die Überheblichkeit des anderen unerträglich. »Ich will eine klare Antwort hören: Gibt es einen Brief, ja oder nein?«, forderte er nun sehr resolut.

Meister hatte dafür nur ein müdes Lächeln übrig. »Es ist rührend, aber auch ein wenig traurig mit anzusehen, wenn jemand nicht loslassen kann.«

Keller musste sich schwer am Riemen reißen, um über diese Spitze hinweghören zu können: »Wenn Sie mir gegenüber offen reden, kann ich mich für Sie einsetzen und Ihnen eventuell den peinlichen Besuch der Polizei doch noch ersparen. Ich habe nach wie vor meine Verbindungen.«

Auch dieser Warnschuss verpuffte. Meister blieb gelassen, ließ Kellers Bemühungen einfach an sich abtropfen. »Und wenn schon. Meinetwegen können die mich an einen Lügendetektor anschließen, trotzdem werde ich dabei bleiben: Ein intimes Verhältnis zwischen Frau Fink und mir hat es nie gegeben.«

»Wie erklären Sie dann ihren kometenhaften Aufstieg

von der Praktikantin zur hoffnungsvollen Nachwuchsführungskraft in spe, und das innerhalb weniger Wochen? Ziemlich ungewöhnlich, oder?«

»Ich sagte es bereits beim letzten Mal: Sie war gut, verdammt gut sogar. Nach einer Frau mit ihrem Potenzial hatten wir hier lange Ausschau gehalten. Fragen Sie meine Personalchefin, wenn Sie mir partout nicht glauben wollen.«

Keller war nahe dran, die Waffen zu strecken. Diesem aalglatten Business-Typen war einfach nicht beizukommen. Er durfte jetzt aber nicht den Fehler begehen, Meister nur wegen seiner Arroganz zu verurteilen. Womöglich hatte er tatsächlich nichts mit Christina Fink gehabt und mit dem Mord rein gar nichts zu tun. Wie hieß es doch? Im Zweifel für den Angeklagten.

Die Kollegen der Spurensicherung hatten übernommen und machten sich auf ihre akribische Suche nach Fingerabdrücken, Haaren und Fasern. Das würde seine Zeit dauern. Da blieb für Jasmin Stahl vorerst nicht viel zu tun. Mit einem Funken Hoffnung schaute sie aufs Display ihres Handys, als ein Signal den Eingang einer neuen SMS-Meldung anzeigte. Die Hoffnung wurde jäh enttäuscht:

»Spur Meister kalt. Versichert glaubwürdig, dass kein Liebhaber von C.F. Ergo: Muss vierten Mann geben. Der große Unbekannte.«

Lust zum Schrauben, Schweißen und Baden im Motoröl hatte er nach wie vor nicht. Dennoch ließ er sich heute darauf ein, mit Uwe die unendliche Geschichte fortzuschreiben und am T1 zu werkeln. In der angemieteten Hinterhofgarage, die ihnen als Werkstatt diente, hatte Uwe, der strikte

Antialkoholiker, sie mit einer Kiste Orangensaft und drei Packungen Bahlsen-Kekse für den bevorstehenden Kraftakt gewappnet. Immerhin galt es, die alte und nicht mehr funktionsfähige Kardanwelle auszubauen.

»Hattest du diesmal wohl keinen Erfolg mit deinem Fall?«, deutete Uwe Kellers Miesepetergesicht und fuhr sich mit der Hand durchs Wuschelhaar. Neulich am Telefon hatte Keller ihn über seine neue detektivische Herausforderung in Kenntnis gesetzt.

»Nein«, gestand Keller offen ein. »Die Sache ist vertrackt.«

»Willst du darüber reden?«, fragte Uwe und setzte einen Schraubenschlüssel an, um das Tageswerk zu beginnen.

»Hm. Später vielleicht.«

Sie versuchten, die Welle aus ihrer Verankerung zu lösen, kapitulierten jedoch sehr bald vor den festgerosteten Schrauben und Muttern. Uwe fuhr die Unterseite des aufgebockten Transporters mit einer Stabtaschenlampe ab und kam zu dem Schluss, dass sie anderes Werkzeug benötigten.

»Da müssen wir mit einem Druckluftschrauber ran«, stellte er in den Raum.

»Noch eine Investition? Das sprengt den Rahmen«, protestierte Konrad. »Dann kann ich mir ja gleich einen neuen Bully kaufen.«

»So was gibt's ja zu leihen. Im Baumarkt, und es kostet nicht viel.«

Keller, dessen Gesicht bereits erste Spuren von Schmieröl aufwies, merkte auf. »Gutes Stichwort, Uwe. Neulich sagtest du zu mir, dass nichts auf der Welt umsonst ist.«

»Ja«, nickte Uwe. »Stimmt ja auch.«

»Dann frage ich mich, warum Christinas Chef sie über alle Maßen gefördert hat, angeblich ohne eine Gegenleistung von ihr zu verlangen.«

»Er hat mit Sicherheit eine Gegenleistung erwartet«, meinte Uwe voller Überzeugung.

»Nachzuweisen ist ihm das aber nicht. Es gibt keinerlei Beweise für eine Affäre.«

Uwe kratzte sich am Fünftagebart. »Warum muss es denn ausgerechnet eine Affäre gewesen sein?«

Keller sah seinen Freund fragend an. »Na, was denn sonst?«

»Es gibt dutzendfach andere Möglichkeiten, um Verbindungen zwischen zwei Menschen zu schaffen. Das muss ich dir als altgedientem Kriminologen doch wohl nicht erklären.«

Keller fühlte sich ertappt. Sollte er in dieser Angelegenheit zu einseitig gedacht haben? Machte ihn seine Fixierung auf Christina Finks amouröse Abenteuer blind für alternative Möglichkeiten?

»Gibt es denn keine sonstigen Spuren oder Indizien?«, wollte Uwe wissen und lieferte Keller damit unbewusst den nächsten Gedankenanstoß.

»Doch«, brummte der nachdenklich, »die gibt es.« Er zog Uwe ins Vertrauen, indem er ihm jedes Detail seiner bisherigen Ermittlungen preisgab. Dabei kam er auch auf den Inhalt der Handtasche zu sprechen, die Sophie in Michaelas Wohnung hatte mitgehen lassen. »Die Handyauswertung stellte die Kripo vor einige Rätsel. Unter anderem tauchte wiederholt ein Wort auf, das für sich genommen keinen Sinn ergibt: Riehon.«

»Riehon?«, wiederholte Uwe. »Mit einem ›H‹ in der Mitte, sagst du?«

»Ja.«

»Das ist seltsam, oder? Was für eine Sprache soll das denn sein?«

»Ist nicht bekannt. Offenbar gibt es dieses Wort gar nicht.«

»Könnte es sich um einen Namen handeln, den einer Person oder eines Unternehmens?«

»Die Kripo hat das überprüft, aber bislang ohne Ergebnis. Dieser Name taucht sonst an keiner Stelle von Christina Finks Korrespondenz auf. Und eine Firma oder ein Produkt dieses Namens existiert auch nicht.«

»Wenn das so ist ...« Uwe nahm sich einen O-Saft aus dem Kasten und schraubte den Verschluss auf. »Hast du mal daran gedacht, dass es sich um einen Code handeln könnte?«

Jasmin Stahl hatte diesen Begriff bereits verwendet, aber Keller hielt nicht viel davon. »Was denn für ein Code?«, fragte er skeptisch.

»Ich denke da in eine ganz bestimmte Richtung«, erklärte Uwe und holte aus: »Eines der zwar einfachsten, dennoch berühmtesten und wichtigsten Gesetze in der Physik, nämlich das Hookesche Federgesetz, ist zunächst als Anagramm veröffentlicht worden, es lautete CEIIINOSSSTTUV.«

»Hä?« Keller runzelte die Stirn, doch Uwe ließ sich nicht aus dem Konzept bringen: »Das Federgesetz F = k*x dient zur Messung von Kräften an geeichten Federn. Setzt man CEIIINOSSSTTUV in die richtige Reihenfolge, wird daraus der lateinische Satz ›Ut tensio sic vis‹, zu Deutsch: ›Wie die Dehnung, so die Kraft‹. Hook stand damit in der Tradition von Galilei, der schon seine berühmte Entdeckung der Saturnringe als Anagramm veröffentlichte.«

Keller machte große Augen, worauf Uwe schmunzelnd hinzufügte: »Wenn dir diese Erklärung zu theoretisch ist: Es gibt einen netten Vampirfilm, in dem sich der Bösewicht hinter einem Anagramm-Pseudonym versteckt: Graf Adrulac, aufgelöst Graf Dracula ...«

»Und du meinst, dass es sich auch hier um eine solche Buchstabenverdrehung handeln könnte?«

»Ja!« Uwe nickte eifrig. »›Riehon‹ könnte ein Anagramm sein, ein Wort, das aus einem anderen Wort durch Permutation, also Umstellung der einzelnen Buchstaben, neu zusammengesetzt wurde. Ein Kunstwort, das seine wahre Bedeutung im Buchstabensalat verbirgt.«

»Zugegeben: ein interessanter Gedanke«, meinte Keller anerkennend. »Wie aber sollen wir unser Wort enträtseln? Ich bin kein Kryptologe.«

»Probieren wir's einfach aus!« Uwe zog einen Kugelschreiber aus seiner Hemdtasche und benutzte die Rückseite einer ausgedruckten Konstruktionszeichnung als Notizzettel. »Man nehme die Buchstaben R, I, E, H, O und N, stecke sie in den Knobelbecher, mische sie kräftig, schütte sie aus und ordne sie neu. Heraus kommen zahlreiche Kombinationen, von denen eine mit etwas Glück durchaus einen Sinn ergibt.«

Keller nickte. »Nicht schlecht, Herr Diplom-Physiker, macht sich dein langes Studium doch noch bezahlt.« Er betrachtete aufmerksam die Versalien und versuchte sie aufs Geratewohl umzustellen. »Oinreh ... Nioreh ... Roehin ...«

Uwe half ihm auf die Sprünge und ordnete die Lettern nach kurzem Überlegen neu. Er setzte den Kugelschreiber an und schrieb fein säuberlich: »Heroin.«

Erwartungsvoll blickte er seinen Freund an.

»Verdammt!« Keller fühlte sich wie der letzte Idiot. Wie konnte er nur so schwer von Begriff sein. Darauf hätte er selbst kommen müssen! »Es geht um Drogen! Verflixt, warum habe ich das bis jetzt übersehen?«

*

Polizeihauptkommissar Winfried Schnelleisen ließ seine Augen langsam über die Köpfe der Soko-Mitglieder gleiten, die sich im Lagebesprechungsraum eingefunden hatten.

»Was ich von Ihnen erwarte, meine Herren, sind Resultate«, sagte er herrisch und mit weit vorgebeugtem Oberkörper.

Jasmin Stahl machte sich ihren Reim darauf, dass er sie – die einzige Frau in der Runde – in seiner Ansprache einfach übergangen hatte. Das bedeutete, dass Schnelleisen sauer auf sie war und sie folglich ignorierte. Den Grund dafür lieferte er schon in seinem zweiten Satz.

»Es ist ein Armutszeugnis für Sie, wenn uns ein Außenstehender sagen muss, was wir zu tun und zu lassen haben«, wetterte der Kripochef. »Dass wir es bei den beiden Todesfällen mit Drogendelikten zu tun haben, hätten Sie herausfinden müssen und nicht …« Schnelleisen brachte den Namen seines Vorgängers nicht über die Lippen. »Jedenfalls fordere ich von Ihnen, dass Sie dieses Geflecht aus Ermittlungspannen, Versäumnissen und Widersprüchen schleunigst entwirren. Ich möchte eine saubere, klare Fallanalyse und Beweise, die belastbar sind.«

Schweigen. Die Kriminalbeamten machten sich Notizen, um ja nicht nach oben und dem Chef in die Augen sehen zu müssen. Nur Jasmin Stahl blieb aufrecht sitzen und fragte: »Wie stellen Sie sich das vor, Herr Schnelleisen? Von der Hauptzeugin Christina Fink fehlt nach wie vor jede Spur, und die bisherigen Ermittlungen blieben weitgehend ergebnislos. Wie Sie wissen, hat auch die Durchsuchung des Studentenzimmers nichts gebracht.«

»Weil Sie falsch gesucht haben!« Eine steile Falte spaltete Schnelleisens Stirn. »Sie haben nach einem Liebesbrief Ausschau gehalten. Ausgerechnet! In der heutigen Zeit, in der Mobiltelefone und Internet eine jede Kommunikation prägen, stöbert Kollegin Stahl nach einem Brief. Das ist geradezu absurd.«

»Aber ich konnte nicht ahnen ...« Sie unterbrach sich selbst, als ihr klar wurde, dass sie jeder Versuch einer Rechtfertigung nur noch mehr ins Abseits bugsieren würde. »Was schlagen Sie also vor?«, fragte sie.

»Dass Sie es noch einmal versuchen. Diesmal aber richtig.«

»Was denn? Noch einmal ins Studentenwohnheim?«

»Ja, was dagegen? Verbocken Sie es aber nicht.« Schnelleisen zeigte auf einen untersetzten Mittvierziger mit Vollbart. »Nehmen Sie den Kollegen Hufnagel mit, den uns netterweise die Drogenfahndung ausgeliehen hat.«

»Wann legen wir los?«, fragte Jasmin Stahl, die keinen Sinn darin sah, offen gegen ihren Chef zu rebellieren.

»Schon wieder so eine Frage.« Schnelleisen schüttelte missbilligend den Kopf. »Sofort! Worauf warten Sie noch?«

Nachdem Doris das Backblech mit Mürbeteig und Apfelschnitzen in den Ofen geschoben hatte, wischte sie sich die Hände an der Schürze ab.

»Du hast die Zeitung bereits durchgelesen, Konrad«, sagte sie zu ihrem Mann, der bei ihr in der Küche saß. »Und zwar gründlich. Jede Seite mindestens zwei Mal.«

»Ach, ja? Habe ich?« Keller wirkte abwesend.

»Wo bist du bloß mit deinen Gedanken? Hoffentlich nicht mehr bei dieser Volksbadgeschichte. Das ist jetzt Sache deines Nachfolgers. Du hast mehr als genug ausgeholfen.«

Keller faltete die Zeitung und legte sie beiseite. »Ja. Die Drogenspur dürfte ihn zur Lösung führen. Wahrscheinlich war Frau Fink eine Kurierin, und schätzungsweise steckte auch ihr Freund Tom Piero mit drin. Die Drogenszene in unserer Stadt ist überschaubar, also müsste selbst Schnelleisen es schaffen, den Täter zu schnappen.«

»Das ist die richtige Einstellung«, lobte ihn Doris und bekam nicht mit, als eine SMS-Nachricht einging.

Keller legte sein Handy auf seinen Oberschenkel, sichtgeschützt durch die Tischdecke. Er schielte möglichst unauffällig auf den Bildschirm.

»C.F. nicht auffindbar. Neue Suche im Studentenwohnheim. Grüße.« Absenderin war Jasmin Stahl.

Dass eine weitere Durchsuchung der Studentenbude etwas brachte, wagte Keller zu bezweifeln. Er an Schnelleisens Stelle würde sich als Erstes die einschlägigen Kontakte der Szene vorknöpfen – aber ihn fragte ja keiner mehr. Problematisch fand er auch die Tatsache, dass Christina Fink immer noch nicht aufgegriffen werden konnte.

»Wo mag sie bloß stecken?«, dachte er laut und wollte sich auf die Zunge beißen, als er Doris' Blick sah.

»Was hast du denn da unterm Tisch?« Blitzschnell stand sie neben ihm.

Keller hielt sein Handy hoch. »Frau Stahl hält mich auf dem Laufenden.«

»Also doch! Du kannst es einfach nicht lassen, was?« Doris setzte sich auf den anderen Küchenstuhl. »Du fragst dich, wo dieses Mädchen steckt.«

»Ja. Das ist der wesentliche Punkt. Wenn wir sie haben, finden wir auch den Täter. Sie ist der Schlüssel zu allem.«

»Du gehst davon aus, dass sie noch lebt?«

Keller nickte. »Ich denke, sie hat eine Heidenangst und hält sich irgendwo verborgen. Bloß wo?«

Doris sah ihn nachdenklich an. »Wenn wir davon ausgehen, dass sie in irgendeiner Weise mit dem Volksbadmord zu tun hatte, dann kommt mir spontan eine alte Kriminalistenweisheit in den Sinn: Den Täter zieht es immer wieder zurück an den Tatort. Nun: Vielleicht gilt dieses Sprichwort nicht nur für den Täter.«

Keller sah seine Frau interessiert an. Doris hatte in all den Jahren an der Seite eines Polizisten selbst ein gewisses Gespür entwickelt.

»Womöglich hält sie sich im Volksbad versteckt. Einen besseren Unterschlupf mitten in der Stadt gibt es nicht, und sie kann sich da sicher fühlen, denn wer sollte sich nach dem Vorfall noch dorthin trauen?«

Auf Keller wirkte dieser Einfall zunächst etwas unrealistisch, fast schon einfältig simpel. Doch sagte ihm die Erfahrung, dass es oftmals die einfachsten Ideen waren, die zum Erfolg führten.

»Nun, es kann ja nicht schaden, wenn man mal nachsieht«, meinte er, woraufhin Doris mit dem Zeigefinger wedelte.

»Damit wollte ich nicht erreichen, dass du das übernimmst. Überlass das den jungen Leuten.«

»Den jungen Leuten, ja«, stimmte Keller zu und erhob sich. Mit dem Handy winkend verließ er die Küche. »Ich rufe gleich mal an.«

Es bestand kein Zweifel, dass Schnelleisen eine neuerliche Einmischung seinerseits nicht hinnehmen würde. Den Vorschlag, das Volksbad zu durchsuchen, würde er allein aus Protest ablehnen. Und Jasmin Stahl war im Studentenwohnheim gebunden. Daher musste Keller die Sache doch selbst in die Hand nehmen, auch wenn das seiner Frau gar nicht gefallen würde. Noch dazu, da er vorhatte, die Familie einzuspannen. Im Nebenzimmer wählte er eine vertraute Nummer.

»Burkhard? Hast du einen Moment Zeit zum Reden? Ich habe einen Plan und brauche deine Unterstützung. Ist allerdings top secret.«

Als Jasmin Stahl beim Studentenwohnheim eintraf, lief ihr ein bekanntes Gesicht über den Weg.

»Johnny?«, sprach sie einen schlanken jungen Mann im Gammel-Look an. Der hatte es plötzlich eilig, seine selbstgedrehte Zigarette auf den Bordstein zu werfen und auszutreten.

»Jepp«, sagte der Blondschopf und tänzelte nervös.

Jasmin signalisierte ihrem Kollegen Hufnagel, sich im Hintergrund zu halten. Sie hakte sich bei Johnny unter und schlenderte mit ihm ein Stück weit über den Gehsteig.

»Lange nicht gesehen«, meinte sie im Plauderton. »Ein gutes Zeichen. Bedeutet nämlich, dass du dir nichts zu Schulden hast kommen lassen.«

»Jepp«, blieb der junge Kerl einsilbig.

»Was treibst du denn so?«

»Dies und das.«

»Schön. Und warum tust du das ausgerechnet hier?«

»Keine Ahnung. Was meinen Sie?«

»Na ja. Das hier ist Studentengegend. Sind das wohl deine neuen Kunden? Die Studenten?«

»Ich weiß nicht, wovon Sie reden.«

Jasmin versetzte ihm mit dem Ellenbogen einen Stoß in die Rippen. »Johnny, mein Lieber, du kannst ganz beruhigt sein. Ich will nichts von dir. Alles, was ich brauche, sind ein paar Informationen.« Sie deutete auf das Gebäude hinter ihnen. »Was kannst du mir über das Wohnheim erzählen? Was läuft da?«

Johnny rang sich zu einem Lächeln durch. »Studenten laufen da.«

»Und was treiben die so den lieben langen Tag über?«

»Die lernen und essen und schlafen.«

Jasmin kniff die Augen zusammen und verschärfte den Ton. »Ich kann auch anders. Wie wäre es mit einem Ausflug ins Präsidium?«

Johnny verzog den Mund. »Also gut. Da geht einiges ab.«

»Lass hören!«

»In dem Haus gibt's fast alles, inklusive zwei Girls im vierten Stock, die einen für 100 Euro auf eine Weltreise schicken.«

»Na, das ist doch fein. So kann Mann wenigstens sinnvoll seine Mittagspause rumkriegen.«

Er sah sie fragend an. »Verarschen Sie mich jetzt, oder was?«

Jasmin Stahl machte sich von ihm los und baute sich vor ihm auf. »Hör mal zu, du kleiner Scheißer. Ich will wissen, ob hier gedealt wird. Ist das so schwer zu begreifen?«

Johnny fuhr erschreckt zusammen. Dann sagte er: »Koks, ja, in kleinen Mengen. Kaum der Rede wert. Deckt nicht mal die Unkosten.«

»Und sonst?«

»Nichts! Ehrlich. Ich schwör's bei der Katze meiner Oma!«

*

Keller verließ die U-Bahn am Plärrer, ging die Treppe hinauf und wandte sich nach rechts, geradewegs in Richtung Planetarium und Volksbad. Die beiden Jugendstilgebäude, deren roter Sandstein mit dem üblichen Grau von an stark befahrenen Straßen stehenden Gebäuden überzogen war, führten ein Schattendasein, eingepfercht zwischen den umstehenden Bauten und unterdrückt von der Dominanz des 15-geschossigen Stadtwerkehochhauses.

Keller rüttelte zunächst an den Messingläufen des von Säulen flankierten Hauptportals, das erwartungsgemäß versperrt war. Auch die straßenseitigen Fenster waren fest verschlossen. Als er sich, auf Zehenspitzen stehend, daran zu schaffen machte, fing er sich kritische Blicke zweier türkischer Großmütter ein, die umringt von einer Kinderschar ihre Einkäufe nach Hause trugen.

Keller umrundete den Block und wollte es von der rückwärtigen Seite aus versuchen. Auch hier hatte er zunächst kein Glück und glaubte schon an ein Scheitern seiner Mission. Ohne Jasmin Stahls Unterstützung würde er wohl nicht in das Volksbad gelangen können. Er entschloss sich zum Abbruch des Versuchs, als er hinter einem ausgemusterten Altglascontainer ein Kellerfenster entdeckte, das mit einem ramponierten Drahtgeflecht überspannt war. Dieser unzureichende Schutz wies große Löcher auf, und als Keller daran zog, gab die dünne Abdeckung sofort nach. Keller bückte sich und blickte ins Dunkel. Soweit er es von hier aus beurteilen konnte, wurde der Schacht durch keinerlei Barriere versperrt. Wahrscheinlich führte er geradewegs in einen Versorgungsraum.

Sollte er es versuchen? Keller war unschlüssig. Er hatte sich zwar eine gewisse körperliche Fitness bewahrt, war nach wie vor schlank und agil – aber eben auch Mitte 60. Solche Aktionen fielen eindeutig in den Bereich der nachfolgenden Generationen.

Aber Keller wäre nicht Keller, wenn er sich durch so profane Dinge wie das Alter einschränken ließe. Er nahm all seinen Mumm zusammen, setzte sich auf den nassen Boden und ließ seine Beine in den Schacht hängen. Dann stützte er sich mit beiden Händen ab und glitt hinunter.

Die Rutschpartie fiel kurz, aber heftig aus. Keller kam mit Schwung auf dem Boden eines stockfinsteren Raums auf und wurde durch die Wucht des Aufpralls in die Knie gezwungen. Er fühlte einen kurzen scharfen Schmerz in den Waden, der jedoch schnell nachließ. Knochen, Sehnen und Bänder schienen die riskante Aktion gut überstanden zu haben. Nach einem Verschnaufpäuschen konnte er weitergehen.

Hier unten war es feucht und kühl. Kein Ort zum Verweilen. Tastend suchte er nach einem Ausgang und bekam schnell eine Klinke zu fassen, die er drückte. Die Tür öffnete ihm den Weg in einen schlichten Flur, der leidlich durch das einfallende Licht anderer Lüftungsschächte erhellt wurde. Es handelte sich um das wenig spektakuläre Untergeschoss des Versorgungstraktes, den er auf schnellstem Weg in Richtung des zentralen Treppenhauses verlassen wollte.

Als Keller im verwaisten Foyer mit seinem angestaubten Stuck und Marmor angelangt war, hörte er jeden seiner Schritte von den hohen Wänden widerhallen. Ansonsten blieb es mucksmäuschenstill, abgesehen vom dumpfen Brummen der vorbeifahrenden Autos. Selbst das Ticken der imposanten Uhr mit ihren antiquierten römischen Ziffern, die über der Halle wachte wie ein überdimensionales Auge, war längst verstummt.

Früher, dachte er zurück, herrschte hier lebendige Betriebsamkeit. Familien standen an der Kasse Schlange, aus den Umkleiden drangen unbekümmert muntere Kinderstimmen und Ermahnungen der Eltern, von den Schwimmhallen schwappte das Geräusch platschenden Wassers und kreischender Teenager herüber. Verdammt lang her, dachte Keller in wehmütiger Erinnerung an die eigenen Aufenthalte in dieser einzigartig schönen Badeanstalt.

Seine Suche führte ihn zunächst in die frühere Frauenschwimmhalle links der Wartehalle, anschließend durchstöberte er die große Männerschwimmhalle 1 und dann die Halle 2, den Tatort. Zwar klapperte er gewissenhaft auch die vielen Nebenräume, Nischen und Kabinen ab, atmete die von Staub und Verfall geschwängerte Luft, von Christina Fink aber fehlte jede Spur.

Schließlich verlegte er seine Suche zurück in den Nebentrakt, wo er sich die Brause- und Wannenabteilung vornahm. Dieser Gebäudeteil war besonders verwinkelt und in etliche einzelne Kammern und Séparées aufgeteilt. In vielen waren noch Fragmente der Installationen vorhanden, in einigen standen sogar Badewannen aus emailliertem Blech, die Böden mit Löchern übersät.

Keller hatte zwei Drittel des labyrinthischen Komplexes abgehakt, und mit jeder weiteren Tür, die er aufstieß, wuchsen seine Zweifel an der Sinnhaftigkeit seines Unterfangens. War es wirklich realistisch anzunehmen, die Gesuchte hier anzutreffen? Gab es nicht genügend andere Verstecke, die Christina Fink hätte auswählen können, um sich vor dem Mörder und der Polizei zu verbergen?

Keller tat sich schwer damit, seine eigene Motivation aufrechtzuerhalten, denn er besaß keine greifbaren Anhaltspunkte, sondern folgte mehr oder weniger blind seinem Instinkt. Einzig die Tatsache, dass seine Frau mit ihren Ahnungen schon oft ins Schwarze getroffen hatte, hielt ihn davon ab, das Unternehmen abzubrechen.

Seine Hartnäckigkeit sollte belohnt werden: In einer Nische stach ihm ein leuchtendes Orange ins Auge, das so gar nicht zum Grau-in-Grau der stillgelegten Badeabteilung passte. Keller bückte sich nach dem Fetzen bedruckter Folie und stellte fest, dass es sich um die Verpackung eines Schokoriegels handelte. Nun hielt er seine Augen auf den Boden gerichtet und fand weitere Zivilisationsspuren in Form von zwei zerknautschten Plastikflaschen, einer leeren Chipstüte und einer Bananenschale. Die Schale war noch gelb und nur an den Enden bräunlich verfärbt.

Damit stand fest, dass sich vor Kurzem jemand hier aufgehalten hatte und mit etwas Glück noch in der Nähe war. Hatte er Christinas Unterschlupf gefunden?

Keller hatte es jetzt eilig, die verbleibenden Kammern zu überprüfen. In schneller Folge durchsuchte er einen Raum nach dem anderen. Christina Fink hockte auf dem Fliesenboden des letzten Badezimmers ganz am Ende des Korridors.

*

Gemeinsam mit ihrem Kollegen Hufnagel hatte sich Jasmin Stahl noch einmal die Wohnung von Christina und auch die der verstorbenen Michaela vorgenommen. Sie hatten alles auf den Kopf gestellt, überall nachgesehen, keinen Spalt und keine Ritze außer Acht gelassen. Vergebens.

»Zwecklos«, meinte Jasmin Stahl ermattet und ließ Michaelas Matratze zurück auf den Lattenrost fallen. »Hier gibt es keine Drogen. Weder was zum Rauchen, noch zum Schlucken oder Spritzen.«

»Warten wir's ab«, meinte Hufnagel, ein unangenehmer Typ mit starkem Mundgeruch. »Der Zoll kommt gleich mit zwei Spürhunden. Die werden was finden, ganz sicher.«

Jasmin Stahl kräuselte die Stirn. Sie glaubte nicht an einen Erfolg der vierbeinigen Kollegen. Und überhaupt quälte sie das unangenehme Gefühl, dass sie sich seit Stunden am falschen Ort aufhielt, während sie anderswo dringend gebraucht würde. Denn selbst wenn sie es mit den tödlichen Folgen von Drogenkriminalität zu tun hatten, musste das lange nicht heißen, dass das Studentenwohnheim als Umschlagsplatz diente. Da vertraute sie statt Schnelleisen eher dem Gelegenheitsdealer Johnny, der sie auf ihren Holzweg hingewiesen hatte.

Doch was konnte sie tun? Sich der Anweisung ihres Vorgesetzten widersetzen und ihren Auftrag in den Wind schießen? Dann könnte sie gleich selbst ein Disziplinarverfahren gegen sich beantragen. Ihr blieb nichts anderes übrig, als die Zähne zusammenzubeißen, gute Miene zum bösen Spiel zu machen und an der Seite des unsympathischen Kollegen auf den Zoll zu warten.

»Gehört das dir, Sophie?« Doris, die für ihre Tochter ein Kleid enger genäht hatte und es ihr gerade zum Anprobieren reichen wollte, war auf ein an die Steckdose gehängtes Handy auf dem Telefontischchen aufmerksam geworden.

»Nee«, meinte Sophie nach einem flüchtigen Blick. »Mein Akku ist noch voll. Außerdem benutz ich nicht so ’n altmodisches Teil.« Sie nahm ihrer Mutter das Kleid ab.

»Dann muss es das von Konrad sein.« Nachdenklich und mit einem Anflug von Sorge hob Doris das Gerät an.

»Ja, wahrscheinlich.« Sophie schlüpfte in das lindgrüne Kleid, das tadellos saß und ihr ausgezeichnet stand. Sie drehte sich, damit ihre Mutter sie von allen Seiten sehen konnte.

Doch Doris hatte jetzt keinen Blick dafür. Noch immer das Handy haltend sagte sie: »Ich weiß, dass er es extra über Nacht angeschlossen hat, damit es heute geladen ist. Er sagte, dass er das Mobiltelefon unbedingt braucht.«

Sophie hörte auf sich zu drehen. »Wo steckt er denn eigentlich?«, fragte sie, als sie die Beklommenheit aus Doris' Gesicht las.

»Er ist noch mal wegen dieses toten Mädchens unterwegs. Wo genau, weiß ich nicht. Du kennst doch deinen Vater, den Geheimniskrämer. Das hat er aus seinem alten Job in die Rente herübergerettet, dass er meint, mir gegenüber keine Dienstgeheimnisse ausplaudern zu dürfen.« Für einen kurzen Moment dachte sie daran, dass sie ihm den Tipp mit dem Volksbad gegeben hatte. Aber den wollte er direkt weiterleiten an die Kollegen von der Kripo. Wohin mochte er also sonst gegangen sein?

»Na ja, halb so schlimm«, meinte Sophie und strich ihrer Mutter über die Schulter. »Wird sicherlich nur ein paar Gespräche führen. In ein, zwei Stündchen ist er wieder daheim. Wirst schon sehen.«

»Gespräche, ja, das wird es sein.« Doris lächelte schwach, aber das Lächeln erreichte ihre Augen nicht.

Bronco und Lydia gaben ihr Bestes. Mit einem Elan, den manch ein zweibeiniger Uniformierter missen ließ, erledigten sie ihren Job. Professionell, sorgsam und genau. Und das ganz ohne Verlangen nach höheren Gehältern, Orden oder Beförderungen. Ihnen reichte eine Handvoll Leckerlis, schon zogen sie zufrieden wedelnd ab und sprangen bereitwillig zurück in ihre Boxen im Heck eines VW-Busses. Bewundernswert, fand Jasmin Stahl, die zugesehen hatte, wie sich die beiden Spürhunde durch das Wohnheim geschnuppert hatten.

»Gebracht hat's aber trotzdem nichts«, raunte sie Hufnagel zu, mit gewisser Genugtuung, dass sich ihre Erwartung bestätigt hatte. Das Studentenhaus war nun mal keine Opiumhöhle.

Hufnagel kratzte ausgiebig seinen Bart. »Okay. Ein Schuss in den Ofen«, gab er griesgrämig zu.

Jasmin Stahl atmete erleichtert auf. Endlich konnten sie diese überflüssige Aktion abhaken und sich effektiveren Aufgaben zuwenden. Doch Hufnagel gab sich nicht so schnell geschlagen.

»Wir sollten die Suche auf die umliegenden Wohnheime ausweiten«, schlug er vor.

Jasmin lachte auf. »Vorsicht, Kollege, erzählen Sie solche Scherze bloß nicht Schnelleisen. Der mag keine Witze. Hat sich vorgenommen, eines Tages humorlos zu sterben.«

Hufnagel mochte offensichtlich auch keine Witze. Mit bierernster Miene wandte er sich ab, um mit den Hundeführern des Zolls die Ausweitung des Einsatzes zu besprechen.

»Ja, ich habe verstanden. Herzlichen Dank für die Information.« Doris legte den Hörer langsam zurück auf die Gabel. »Im Präsidium ist er nicht«, sagte sie matt.

Sophie, noch immer um gute Laune bemüht, dirigierte ihre Mutter aus dem Flur in die Küche und bugsierte sie auf einen Stuhl. »Ich lass dir mal 'nen Kaffee raus. Siehst ganz blass aus, brauchst einen Koffeinschub.«

»Ich habe ein ungutes Gefühl«, meinte Doris.

»Paps weiß, was er tut. Der hat über vierzig Jahre lang mit bösen Jungs und Mädels zu tun gehabt, ohne dass ihm je was Ernsthaftes passiert wäre«, tat Sophie die Sorge ihrer Mutter ab und goss den Kaffee auf.

»Manchmal war es aber ziemlich knapp. Und damals hatte er sein Team im Rücken, handelte nie allein.«

»Diesmal doch auch nicht. Diese Jasmin Stahl ist sicher in seiner Nähe. Die haut ihn raus, wenn's eng wird.«

»Eben nicht«, jammerte Doris. »Die im Präsidium sagen, dass Frau Stahl unterwegs bei einem Einsatz ist – ohne Konrad.«

»Trotzdem: Er wird sich schon rühren. Mach dir keine Sorgen«, sagte Sophie. Doch besorgt war sie selbst.

*

Sie war hochgewachsen und schlank, ihr brünettes Haar umhüllte ihre Schultern wie ein seidener Schleier. Das Gesicht nicht hübsch, sondern wunderschön. Rein äußerlich eine bemerkenswerte Erscheinung, und als sie mit melodischer Stimme anfing zu sprechen, begann Keller zu begreifen, weshalb ihr so viele Männer verfallen waren.

»Wer sind Sie?« Der angsterfüllte Eindruck, den Christina Fink nach seinem Erscheinen in der schmalen Kabine gemacht hatte, war vorsichtiger Neugierde gewichen.

»Jemand, der Ihnen helfen will«, antwortete Keller beschwichtigend, um zu verhindern, dass sie gleich wieder stiften ging.

»Helfen?« Sie musterte ihn von oben bis unten, sah einen Opa mit Glatze und starker Brille vor sich. »Wie wollen Sie das denn anstellen?«

Keller bemühte sich um ein gewinnendes Lächeln, als er ihr Schritt für Schritt erklärte, wer er war, was er mit dem Fall zu tun hatte und dass es für sie nur eine Chance gebe, mit heiler Haut aus dieser Sache herauszukommen: »Sie müssen reden, Frau Fink!«

Diese gab sich unbeeindruckt. »Reden – ausgerechnet mit Ihnen?« Mit kurzem scharfem Gelächter warf sie ihren Kopf zurück. »Sie sind doch bloß ein Bote. Mit Ihnen soll ich verhandeln? Nie im Leben.«

Keller mahlte mit den Zähnen. Du kannst gleich mal um dein Leben verhandeln, du arrogante Göre, dachte er im Stillen. Sie ahnte überhaupt nicht, in welcher Gefahr sie schwebte. Schon jetzt hatte er die Nase gestrichen voll von ihr.

Eindringlich appellierte er: »Seien Sie vernünftig, Frau Fink. Sie müssen aus Ihrer Deckung kommen, um Ross und Reiter zu benennen. Nur so können wir denjenigen schnappen, der für den Tod Ihrer Freundin Michaela verantwortlich ist – und wohl auch für den von Tom Piero.«

Bei der Erwähnung des Namens »Tom« zuckte Christina zusammen. Über ihre Augen legte sich ein feuchter Film.

»Es hat keinen Zweck, dass Sie sich noch länger verkriechen, denn irgendwann wird der Mörder Sie aufstöbern. Mir ist es ja auch gelungen«, argumentierte Keller.

Christina wischte sich eine Träne aus dem Augenwinkel. »Ja, verdammt, wenn Sie mich gefunden haben, wird es ihm erst recht gelingen. Nur eine Frage der Zeit.« Sie klang resigniert.

»Aber noch ist es nicht zu spät! Machen Sie reinen Tisch, packen Sie aus!« Nachdem sie keine Anzeichen erkennen ließ, seiner Aufforderung nachzukommen, fragte Keller: »Armin Meister ist hinter Ihnen her, trifft das zu?«

Ein leichtes Nicken.

»Sie haben ihn gegen sich aufgebracht. Weil er Sie liebt, und Sie seine Liebe verschmäht haben?«

Diesmal bewegte sie den Kopf langsam von links nach rechts und wieder zurück.

»Dann ging es um Drogen, nicht wahr?«, zog Keller seinen Trumpf aus dem Ärmel.

Sie senkte den Blick. »Ja. Ich bin da in etwas hineingeraten …« Sie stockte, wog ab, wie weit sie Keller einweihen sollte.

»Reden Sie bitte weiter. Je mehr ich weiß, desto besser kann ich mich für Sie einsetzen, wenn erst mal die Kripo am Zug ist.«

Das schien sie zu überzeugen, denn nun begann sie zu plaudern: »Die Firma Meister steht seit Jahren unter einem enormen wirtschaftlichen Druck. Der Pharmamarkt wird von den Global Playern dominiert, Mittelständler werden entweder geschluckt oder rutschen in die Insolvenz. Meister wollte dieses Schicksal nicht hinnehmen. Er ließ ein Produkt entwickeln, das hohe Absatzzahlen und eine große Marge garantierte.«

»Rauschgift«, sah Keller seine Vermutung bestätigt.

Sie lächelte schief. »Ganz so simpel lief das nicht. Meister ist ja nicht einfach zu seinen Chemikern gerannt und hat gesagt: ›He, stellt mir mal billigen Stoff her.‹« Sie rieb sich die Nase. »Zunächst ging es ihm darum, nach einem neuen Ersatzmittel für Heroin zu suchen, mit dem man bereitwillige Süchtige versorgen könnte, um die Entzugserscheinungen zu lindern. Erst im Zuge dieser Forschungen kam Meister darauf, dass er viel mehr Geld verdienen könnte, wenn er das Zeug nicht als Medikament, sondern als Partydroge auf den Markt bringt.«

»Also doch: Meister hat Rauschgift produziert.«

»Ja, ein Opiat auf Basis des Rauschmittels Etylfenidat, kombiniert mit diversen synthetischen Komponenten. Meister verfügt damit über eine Droge von sehr ähnlicher Konsistenz, Haptik und vor allem Wirkung wie Heroin. Die Herstellungskosten sind verhältnismäßig niedrig, sodass einer Massenproduktion nichts im Wege stehen würde. Das Produkt steht kurz vor der Reife. Der Chefentwickler hat bereits erfolgreiche Tests an Labortieren durchgeführt.«

Keller konnte sich nun denken, wie der Name des Entwicklers lautete. »Ihr Freund Tom hat Ihnen gegenüber das große Geheimnis verraten, ja?«

»Ja. Und ich habe meine Chance gesehen«, bekannte Christina freimütig.

»Indem Sie Ihren Anteil vom Kuchen abschneiden wollten und Meister erpressten?«, wollte Keller wissen.

Christina zögerte nur einen Moment, um zuzugeben: »Ja, so war es. Tom wusste aber nichts davon, ahnte es höchstens.«

»Wie hat Meister auf Ihren Erpressungsversuch reagiert?«

»Sehr diszipliniert. Er sprach mit mir, als würde es sich um einen ganz normalen geschäftlichen Vorgang handeln. Er sagte nicht nur das Geld zu, das ich haben wollte, sondern bot mir auch noch einen Job an. Als Preis für mein dauerhaftes Schweigen. Es sah ganz so aus, als wollte er mich zur Partnerin machen.«

»Was ging schief?«

»Die Geldübergabe. Er meinte, es wäre besser, wenn wir es an einem neutralen Ort abwickeln würden, an dem wir unbeobachtet wären. Sonst hätte es in der Firma ja jeder mitbekommen. Und eine Überweisung aufs Konto kam natürlich sowieso nicht infrage. Also legte er einen Treffpunkt fest.«

»Das Volksbad.«

»Ganz richtig. Je näher der Termin rückte, desto mulmiger wurde mir. Ich traute dem Frieden nicht, denn alles lief viel zu glatt. Da kam ich auf die Idee, dass ich vielleicht gar nicht selbst ...« Sie brach mitten im Satz ab, die Wangen färbten sich rot.

Keller führte den Gedanken für sie zu Ende: »Sie haben Ihre Freundin Michaela vorgeschickt, um das Geld abzuholen. War sie eingeweiht?«

»Nein. Ich habe ihr gesagt, dass es sich um einen lästigen Verehrer handelt, dem ich eins auswischen wollte. Es war aber ihre Idee, dabei meine Jacke zu tragen, meine Stiefeletten und eines meiner Halstücher. Dieses Rollenspiel gefiel ihr.«

»Worin genau bestand Michaelas Aufgabe?«

»Sie sollte Meister in meinem Namen den Geldkoffer abnehmen, von dem sie dachte, dass er Wäsche enthält.«

»Wäsche? Wieso denn das?«, fragte Keller irritiert.

Sie zuckte die Schultern. »Überbleibsel eines unbedachten One-Night-Stands. Klamotten, die ich angeblich bei ihm liegen gelassen hatte.«

»Diesen Humbug hat sie Ihnen abgekauft?«, wunderte sich Keller.

»Michaela war ... – nun ja, sie war sehr treuherzig.«

Arme, naive Michaela, dachte Keller und war erschreckt über Christinas Kaltblütigkeit.

»Damit das klar ist«, sagte er und fasste in die Innentasche seines Mantels. »Sie müssen das alles zu Protokoll geben. Die Kollegen müssen etwas in der Hand haben, damit sie gegen Meister vorgehen und einen Haftbefehl anfordern können.« Verwundert darüber, dass die Tasche leer war, versuchte er es in den Seitentaschen.

»Was suchen Sie?«, fragte Christina.

»Mein Handy«, sagte Keller mit leiser Beunruhigung. Sollte er es zu Hause liegen gelassen haben?

Seniler Greis, mochte Christina denken. Zumindest kündeten ihre spöttisch verzogenen Lippen davon.

»Kann ich Ihres benutzen?«, fragte Keller.

»Das ist ja irgendwie ziemlich schräg: Sie wollen mein Handy benutzen, um mich bei der Polizei anschwärzen zu können?« Sie langte hinter sich, bekam einen kleinen ledernen Rucksack zu fassen und nahm ein Smartphone heraus.

»Danke«, sagte Keller und wollte nach dem Apparat greifen.

Doch bevor er es in seinen Händen hielt, löste Christina ihren Griff. Zu Kellers Entsetzen ließ sie es auf die Bodenfliesen fallen und trat zweimal fest darauf.

»Was, zum Teufel, tun Sie da?«, herrschte er sie an.

»Ich sorge dafür, dass Sie Ihre Freunde nicht verständigen können«, antwortete Christina kalt lächelnd.

»Aber das macht keinen Sinn.« Keller betrachtete ratlos das zerstörte Gerät zu seinen Füßen.

»Doch, macht es. Ich will nämlich nicht in den Knast. Ich möchte, dass Sie für mich verhandeln. Sorgen Sie dafür, dass mir Straffreiheit als Kronzeugin garantiert wird. Erst wenn das geklärt ist, bin ich eventuell bereit, mich zu stellen und vor Gericht gegen Meister auszusagen. Bis dahin aber tauche ich unter.« Sie presste ihren Rucksack vor die Brust und machte Anstalten zu gehen. »Geben Sie mir Ihre Karte mit Ihrer Nummer. Ich melde mich bei Ihnen.«

Keller stellte sich ihr in den Weg: »Kommt gar nicht infrage! Sie gehen nirgendwohin.«

»Sehr richtig«, bestätigte ihn eine Stimme, die von hinten kam.

Armin Meister hielt eine Pistole im Anschlag.

*

Jochen streifte durch seine Wohnung, die deutliche Spuren der letzten leidenschaftlichen Ekstase aufwies. Überall lag Zeug herum, benutzte Gläser standen auf dem Sofatisch und im Bücherregal, CD-Hüllen waren übers Parkett verteilt. Doch jetzt, nach Feierabend, erschöpft und dürstend nach einem Bier, hatte er keine Lust zum Großreinemachen.

Vielleicht, fantasierte er, könnte man mit den Weibern, die bei ihm aufwachten, eine Vereinbarung treffen: Dass sie ein bisschen die Wohnung aufräumten und saubermachten, bevor sie gingen? Andererseits barg das eine Gefahr: Da gab es mal eine, die ihm morgens Kaffee gekocht und anschließend für Ordnung gesorgt hatte. Sie fühlte sich bei ihm wohl, wollte sich häuslich einrichten, sein Nest besetzen. Drei Tage hatte er gebraucht, um sie wieder loszuwerden.

Deswegen musste er seinem Lebensmotto treu bleiben: Selbst ist der Mann! Nur nicht heute, denn zum Hausmann spielen fühlte er sich zu ausgelaugt. Er war froh, als er auf der Couch lag und die Beine ausstreckte. Endlich ausspannen!

Umso kleiner war die Lust, ans Telefon zu gehen, das zu bimmeln begann, kaum dass er sich niedergelassen hatte. Wer konnte das sein? Jemand aus der Redaktion oder eine seiner Verflossenen? So oder so: Er hatte überhaupt keinen Bock darauf, ein Gespräch über was auch immer zu führen.

Jochen schloss seine Augen und ignorierte das penetrante Klingeln.

»Geht er nicht ran?« Sophie stand eng neben ihrer Mutter.

»Nein«, antwortete Doris knapp und lauschte dem Freizeichen.

»Und auf seinem Handy?«

»Hat er abgeschaltet. Wie meistens, wenn er nicht mehr im Dienst ist.« Sie seufzte. »Wahrscheinlich besucht Jochen gerade eine Frau.«

»Hat er denn jetzt eine feste Freundin, bei der wir nachfragen könnten?«, suchte Sophie nach Möglichkeiten.

»Jochen?« Doris musste trotz des Ernstes der Lage schmunzeln. »Das werde ich wohl nicht mehr erleben, dass dein großer Bruder sich bindet.«

»Dann müssen wir es bei Burkhard versuchen«, schlug Sophie vor. »Vielleicht weiß er, wo Konrad steckt, oder hat eine Idee, wo man nachfragen könnte.«

Doris stimmte zu und wählte zunächst die Nummer der Tierarztpraxis. Da sich dort nur noch der Anrufbeantworter meldete, versuchte sie es mit dem Privatanschluss. Kurz darauf hatte sie Schwiegertochter Inge in der Leitung: »Nein, Burkhard ist nicht da«, sagte sie, nachdem Doris ihr Anliegen vorgebracht hatte. »Ich nehme an, er macht einen Hausbesuch. Er sagte vorhin etwas von einem fußlahmen Bernhardiner, den sein Herrchen nicht in die Praxis bringen kann. Und von Konrad weiß ich nichts. Bei mir hat er sich jedenfalls nicht gemeldet. Soll ich Burkhard sagen, dass er dich anruft, wenn er wieder da ist?«

Doris bejahte das und wünschte Inge und den Zwillingen einen schönen Abend.

»Wieder Fehlanzeige, was?«, fragte Sophie.

»Ja«, meinte Doris niedergeschlagen. »Ich warte noch bis neun. Wenn ich bis dahin nichts von ihm höre, rufe ich Frau Stahl auf ihrem Handy an. Sie kann hoffentlich herausfinden, wo Konrad sich herumtreibt.«

Sophie war nah dran ihr vorzuschlagen, jetzt gleich anzurufen. Aber sie wollte die Panik, die in der Luft lag, nicht noch anheizen. Deswegen hielt sie sich zurück und spielte die Rolle der Zuversichtlichen.

Immer, wenn er gerade dabei war, loszulassen und allmählich wegzudämmern, läutete das Telefon erneut. Nun schon zum dritten Mal! Jochen fand das schlichtweg zum … – Wer konnte das bloß sein?

Er raffte sich auf, nahm das Telefon und ließ sich die letzten Anrufernummern anzeigen.

»Die Eltern«, stellte er entnervt fest und legte den Apparat wieder zur Seite. Was wollten die denn von ihm? Egal. Um was auch immer es gehen mochte, es musste bis morgen warten. Denn heute hatte er nicht die geringste Lust, mit Doris und Konrad zu quatschen. Alles, was er wollte, war seine Ruhe. Und die würde er sich jetzt gönnen.

Pustekuchen. Er lag keine zwei Minuten, da meldete sich die Nervensäge von Telefonapparat schon wieder. Das durfte doch nicht wahr sein! Fluchend stand er auf. Jetzt würde er denen aber mal gehörig die Meinung sagen. Jochen schnappte sich den Hörer und schimpfte: »Könnt ihr einen nicht mal einen Tag in Frieden lassen? Ich bin volljährig, erwachsen, abgenabelt …«

»Ich bin's«, erklang die tiefe Stimme seines jüngeren Bruders.

»Burkhard?« Jochen hielt verblüfft den Hörer auf Abstand. »Ich dachte, Paps oder Mami wär's.«

»Falsch gedacht, Jochen. Und nun sperr mal deine Lauscher auf.«

Das tat er und wollte kaum glauben, was er zu hören bekam.

*

Armin Meister trug einen anthrazitfarbenen Anzug, ein blassblaues Hemd und eine weinrote Krawatte. Er war frisch rasiert, das Haar sorgsam gescheitelt. Das Ideal eines soliden Geschäftsmanns. Nur die Pistole in seiner Rechten störte das tadellose Bild.

»Bisher mögen Sie mit Ihren fingierten Unfällen davongekommen sein«, ging Konrad Keller ihn an. »Aber wenn Sie uns erschießen, wird sich das nicht als weiteres Unglück tarnen lassen. Damit fliegen Sie als Mörder auf, Meister!«

Der Angesprochene zuckte nicht einmal mit der Wimper. »Wer sagt denn, dass ich Sie erschießen werde?« Meister betrachtete die Waffe in seiner Hand wie einen Fremdkörper, mit dem er eigentlich nichts zu tun haben wollte. »Wozu sind wir denn in einem Schwimmbad? Da gibt es andere, raffiniertere Möglichkeiten, die nicht sogleich auf einen Mord und schon gar nicht auf mich als Mörder hindeuten.« Heimtücke blitzte in seinen Augen auf. »Niemand wird nachvollziehen können, wer für das verantwortlich ist, was Ihnen gleich geschieht.« Er winkte mit der Pistole und gab ihnen zu verstehen, dass sie sich in Bewegung setzen sollten.

Christina, plötzlich blass und wortlos, kam seiner Aufforderung nach. Auch Keller machte sich zögerlich auf.

»Was versprechen Sie sich davon, uns zu bedrohen?«, fragte er. Denn er wusste aus Erfahrung, dass es wichtig war, das Gespräch mit Geiselnehmern am Laufen zu halten, eine Vertrauensbasis zu schaffen.

Meister antwortete ihm nicht, drückte ihm stattdessen den stählernen Lauf in den Nacken. Sie mussten weitergehen. Den Korridor entlang, bis er auf halber Höhe anhielt. Meister nötigte seine beiden Gefangenen dazu, die etwas geräumigere Brausebadabteilung zu betreten.

»Was sollen wir hier?«, fragte Keller und sah Meister direkt in die Augen. Er wollte sich keine Schwäche anmerken lassen, um sich gegen Meisters Überlegenheit zu stemmen. Doch das Zittern und Bibbern von Christina an seiner Seite führte seine Bemühungen ad absurdum.

»Entspannen Sie sich«, sagte Meister gönnerhaft. »Ich werde Ihnen gleich ein Vollbad einlassen.« Er deutete mit jovialer Geste auf die Duschkabinen in dem Raum. »Nur leider können Sie den Hahn nicht zudrehen, wenn die Wanne voll ist: Die Armaturen fehlen. Und ...« Er schlug fest mit dem Knauf seiner Pistole auf die Türklinke. »... und wie es aussieht, können Sie auch nicht weglaufen, denn der Türgriff ist soeben abgebrochen.«

Ehe Keller oder Christina reagieren und einen Fuß auf die Schwelle setzen konnten, hatte Meister die Tür von außen zugeschmissen. Seine Schritte entfernten sich zügig und waren bald nicht mehr zu hören.

»Wir sitzen in der Falle«, erfasste Keller die Lage, nachdem er die zugenagelten Fenster gesehen hatte. »Verdammt. Was denkt sich dieser Kerl? Und was sollte das blödsinnige Gerede von einem Vollbad?«

Christina blickte sich mit ängstlich geweiteten Augen um. »Ich weiß nicht, was er vorhat. Aber wenn er nicht wieder aufmacht, können wir ewig warten. Hier kommt bloß ganz selten jemand vorbei, um nach dem Rechten zu sehen.«

Keller wollte nichts unversucht lassen und rüttelte an der Tür. »Dann sollten wir die Zeit nutzen und einen Ausweg suchen. Irgendwo wird sich schon ein Schlupfloch für uns finden.«

Er wollte gerade Anweisungen erteilen und Christina in die Suche einbeziehen, als er innehielt. »Hören Sie das?«, fragte er.

»Nein. Was meinen Sie?«

»Ich glaube, ich habe gerade so etwas wie ...« Weiter musste er nicht sprechen. Kurz darauf kündigte ein dumpfes Rauschen, vermengt mit unheilvollem Glucksen und Plätschern die Wiederinbetriebnahme der alten Leitungen an. Meister betätigte sich ganz offensichtlich am Wasserschieber und ließ seinen Drohungen Taten folgen.

Verflucht, dachte Keller erbost und ahnte nun, was Meisters Anspielung auf das Vollbad bedeuten sollte.

Aus den Hähnen und Brauseköpfen begann es zu tropfen und spritzen. Christina versuchte einen von ihnen zuzuhalten, doch angesichts der Vielzahl der Auslässe erschien das wie eine kindische Geste. »Was passiert, wenn der ganze Raum vollläuft?«, fragte sie mit bangem Blick.

Keller überprüfte einen der anderen Hähne und schaute nach, ob er nicht doch irgendwo einen Drehregler finden würde. Vergebens. Dennoch versuchte er, sie zu beruhigen: »Keine Sorge, das Wasser wird unter der Tür durchlaufen oder durch sonstige Ritzen.« Als Christinas Ausdruck sorgenvoll blieb, ergänzte er: »Es muss auch einen Abfluss geben, denn schließlich muss das Wasser irgendwo ablaufen können.«

Kaum hatte er das ausgesprochen, begannen die Rohre damit, in kräftigen Schüben eine unheilvolle Flüssigkeit auszuspeien: zunächst einen zähen, grünlichen Schlamm, danach bräunliches Wasser mit dem Gestank Tausender fauler Eier.

Sie saßen also in der Klemme. »Glaubt er ernsthaft, er kommt damit durch, wenn er uns hier ersaufen lässt?«, dachte er laut, musste sich jedoch eingestehen, dass Meister zumindest in einem Punkt recht hatte: Es wäre eine harte Nuss für die Polizei nachzuvollziehen, wie es zu ihrem Tod kommen konnte.

Christina sah ihn mit einer Mischung aus Angst und Resignation an. »Ich weiß nicht, was er glaubt. Ob er echt versucht, die Bullen noch mal an der Nase herumzuführen? Kann sein, zuzutrauen wäre es ihm. Vielleicht ist es ihm inzwischen aber auch egal, und er hat längst seine Flucht geplant.«

Damit lag sie wahrscheinlich gar nicht mal so falsch, dachte Keller und spürte, dass der Zorn in ihm aufstieg wie prickelnder Strom. Und das war gut so. Keller stieß die inneren Tore weiter auf, um die Wut ausbrechen zu lassen, um sie fassen und formen zu können. Zu einem Klumpen Energie. Er würde sie einsetzen, um begreiflich zu machen, dass man so nicht mit ihm umspringen durfte.

Hasserfüllt trat er gegen die Tür. Doch die war massiv und im Gegensatz zum ansonsten maroden Gebäude keineswegs altersschwach. Keller, noch immer voll der Kampfeslust, probierte sich an den Abdeckungen der Fenster. Er haute und hieb, zog und zerrte, kratzte und riss. Ohne Resultat. Schließlich nahm er sich die Rohre vor, die in den Raum mündeten und ihn unablässig mit trübem Wasser fluteten.

»Was tun Sie da?«, rief ihm Christina zu, die sich mühte, ihre Schuhe nicht mit der Ekelbrühe in Berührung kommen zu lassen.

»Immer noch das Gleiche: Ich versuche, uns einen Weg hinauszubahnen«, keuchte Keller. »Denn wenn Meister die Wasserzufuhr nicht unterbricht, saufen wir ab wie Kanalratten.«

Christina schien erst jetzt richtig zu begreifen, was die Stunde geschlagen hatte. »Was sollen wir denn machen?«, fragte sie kläglich und versuchte weiter, der stinkenden Flut auszuweichen. »Bis wohin kann das Wasser steigen?«

»Schlimmstenfalls bis unter die Decke«, machte ihr Keller keine Illusionen. »Wenn wir Glück haben, sprengt der Wasserdruck vorher die Fenster oder die Tür raus.«

Die Rohrleitungen waren inzwischen von Ablagerungen und Kalk freigespült, sodass klares Wasser durch die Auslässe schoss.

»Und wenn wir Pech haben?«, rief Christina über das Brausen der Fontänen hinweg.

»Na, dann sind wir vorher ertrunken. In dem eiskalten Wasser werden wir ohnehin nicht besonders lang schwimmen können. Da muss man sich keinen Illusionen hingeben«, verdeutlichte Keller den Ernst der Lage. Aber so weit wollte und durfte er es nicht kommen lassen. Nicht nur sein Leben stand hier auf dem Spiel, sondern auch das einer jungen Frau, die er schützen und retten musste. Nur wie?

Die Kaskaden strömten ohne Unterlass in den Raum und füllten ihn Minute für Minute mit etlichen Kubikmetern Wasser, von denen durch Abflüsse, Ritzen und Türspalten kaum etwas entwich. Keller konnte zusehen, wie der Wasserspiegel anstieg – inzwischen erreichte er bereits seine Knie.

»Was machen wir denn jetzt, mein Gott, was machen wir?«, wimmerte Christina, während sie einem Flamingo gleich von einem Bein auf das andere stakste.

Keller blendete seine eigene aufkommende Panik aus und zwang sich zum logischen Nachdenken: Im normalen Betrieb liefen die Duschen ja auch die ganze Zeit, also mussten die Abflüsse so ausgelegt sein, dass das Wasser ständig abfließen konnte. Warum nur versagte das System, fragte er sich, während er versuchte, mit dem Fuß einen der Auslässe zu ertasten und freizumachen.

Angesichts des weiter ansteigenden Pegels konnte er sich die Antwort auf seine Frage selbst zurechtlegen: Das Abwassersystem war jahrelang nicht durchgespült worden, sodass sich Schmutz und Dreck nicht nur auf den Sieben, sondern wohl auch in den Rohrleitungen selbst angesammelt hatten und sie verstopften. Meister musste das einkalkuliert haben, dachte er verbittert.

»Können Sie nicht die Tür aufbrechen?«, suchte Christina nach einer Lösung. Sie klang verzweifelt.

»Habe ich doch schon versucht«, sagte Keller, der die Stabilität der massiven Holztür und des soliden Schlosses gegen seine eigenen beschränkten Kräfte erneut abwog. »Wenn wir wenigstens so eine Art Rammbock hätten …«

Wie auf Kommando verfiel Christina in hektische Aktivität, watete durch das Nass und rüttelte an Rohren und Haltegriffen. Nach heftigem Ziehen und Rucken gelang es ihr, eine daumendicke Leitung vom Wandverputz zu lösen.

»Hilft uns das?«, fragte sie mit verzweifeltem Lächeln.

Keller schüttelte traurig den Kopf. »Ich sprach von einem Rammbock.«

Nein, dachte er, so kamen sie nicht weiter. Er schaute sich um, betrachtete abschätzend die Brauseköpfe, die ohne Unterlass die funkelnde Gischt ausspien. Er zählte zehn Brausen auf der rechten und zehn weitere auf der linken Seite. Mehr noch kam aus einem geborstenen Zufuhrrohr. Das Wasser stieg wesentlich schneller, als er erwartet hatte, und schwappte jetzt schon kalt und klamm über seinen Gürtel. Ihm musste irgendetwas einfallen. Und zwar sehr schnell!

So viel stand fest: Aus eigener Kraft würden sie es nicht schaffen. Also mussten sie sich bemerkbar machen, die Aufmerksamkeit von Nachbarn oder Passanten auf sich ziehen.

Dummerweise lag der Seitentrakt abseits der Front und damit zu weit weg von der belebten Straße. Ihre Hilferufe würden nicht gegen den Verkehrslärm ankommen, höchstens bei einer Rotphase, wenn die Autos und Lkws standen. Aber egal: Sie durften nichts unversucht lassen.

»Wir müssen Lärm machen!«, rief er und nahm Christina das Metallrohr ab. Er holte weit aus und ließ es gegen die Verkleidung eines ausgedienten Boilers krachen. Ein blechernes Scheppern erfüllte den Raum. Gleich darauf hieb er mit der Stange gegen die Eisenmanschetten eines Fallrohres, dann auf ein Waschbecken.

»Rufen Sie um Hilfe«, wies er Christina an, die bei jedem seiner Schläge zusammenzuckte. »So laut Sie können.«

Das tat sie, aus Leibeskräften: »Hilfe! Wir sind eingesperrt! Hört uns jemand? Wir brauchen Hilfe!«

Keller sorgte weiter für Krach, doch konnte er kaum noch für seine Hiebe ausholen. Die Wellen leckten bereits an seinen Oberarmen.

Christina schrie, brüllte, kreischte, bis ihr das Wasser in den Mund zu laufen drohte. Als sie merkte, dass sie nichts mehr ausrichten konnte, begann sie zu weinen.

Auch Keller gab es auf und ließ die Stange im gurgelnden Nass versinken. Worte des Zuspruchs fand er nicht mehr für Christina, zu ausweglos erschien ihm die Situation. Eine verteufelte Lage, dachte er, sie waren am Ende.

Sie behielt die Uhr fest im Auge, und als ihr selbst gesetztes Ultimatum endlich abgelaufen war, hatte es Doris Keller eilig, die Nummer von Jasmin Stahl zu wählen. Diese ließ auf sich warten, meldete sich erst nach einer gefühlten Ewigkeit.

»Keller am Apparat«, sagte Doris gehetzt. »Ich muss Sie dringend sprechen.«

»Sie haben Glück, dass Sie mich erwischen. Bin beim Volleyballtraining. Wenn ich nicht gerade eine Trinkpause machen würde, hätte ich das Handy ganz bestimmt nicht gehört«, sagte Jasmin Stahl außer Atem. »Wie kann ich helfen?«

»Mein Mann ist verschwunden«, platzte es aus Doris heraus. »Ich mache mir große Sorgen, dass ihm etwas zugestoßen sein könnte.«

»Wie kommen Sie darauf?«

»Er müsste längst zu Hause sein.«

»Könnte er sich nicht bei einem Bekannten verquatscht und dabei die Zeit vergessen haben? Oder er ist in einer Kneipe eingekehrt.«

»Nein, nein. Konrads Verschwinden hat gewiss etwas mit diesem Fall zu tun.« Nervös zupfte Doris an der Schnur des Telefonhörers.

»Das glaube ich kaum. Ihr Mann hat uns das Feld überlassen und ist nicht mehr beteiligt. Was seinem eigenen Wunsch entspricht«, sagte Jasmin Stahl mit anklingendem Bedauern.

»Da täuschen Sie sich. Konrad kann nicht ruhen, bevor die Sache aufgeklärt ist. Sie kennen ihn doch, Frau Stahl. Ich habe Angst, dass er wieder einen seiner Alleingänge unternimmt.«

»Hm.« Jasmin Stahl schwieg. »Haben Sie einen Anhaltspunkt dafür, wo er sich aufhalten könnte?«

»Nicht wirklich. Nur, dass er die fixe Idee hat, das vermisste Mädchen aufzuspüren. Aber es weiß ja kein Mensch, wo sie sich aufhalten könnte. Außer ...« Mit einem Mal wurde es ihr ganz heiß, als sie die Erkenntnis traf: »Ich fürchte, ich bin es selbst gewesen, die ihn in Schwierigkeiten gebracht hat.«

»Wie meinen Sie das?« Jasmin Stahl klang alarmiert.

»Ich habe Konrad den Tipp gegeben, es am Tatort zu versuchen. Aber natürlich sollte er es nicht selbst tun, sondern die Polizei nachsehen lassen.«

»Moment, Moment, nicht so schnell. Sie meinen, dass Ihr Mann ins Volksbad gegangen ist? Was soll das denn bringen?«

Doris Keller bemühte sich, nicht hysterisch zu klingen: »Meine Überlegung bestand darin, dass das Volksbad ja nicht nur ein geeigneter Ort für heimliche Treffen ist, sondern auch ein gutes Versteck abgibt. Konrad vertrat ebenfalls diese Ansicht.«

Es entstand eine kurze Pause, gefolgt von der entschiedenen Ansage: »Wenn Sie recht haben mit Ihrer Vermutung, könnte der Chef in großen Schwierigkeiten stecken. Ein solches Ding auf eigene Faust durchzuziehen, ist der blanke Wahnsinn, solange unser Mörder noch frei herumläuft. Das sollte Ihr Mann eigentlich wissen.«

Doris stimmte ihr im Stillen zu. Konrad hatte höchstwahrscheinlich unverantwortlich gehandelt und sich dadurch selbst in Gefahr gebracht. Sie musste darauf hoffen, dass die Kommissarin Schlimmeres verhindern würde. »Sind Sie so nett, nach ihm zu sehen?«

»Ja«, kam die prompte Antwort. »Bin schon auf dem Weg in die Umkleide.«

Als sich Jasmin die Sportschuhe von den Füßen zog, fluchte sie über ihren Ex-Chef und dessen Starrköpfigkeit. Nur zu gut konnte sie sich vorstellen, dass Keller als Ein-Mann-Kommando eine Razzia im Volksbad veranstaltete. Ebenso könnte es sich allerdings um einen Fehlalarm handeln. Bevor sie die Zentrale benachrichtigen würde, wollte Jasmin daher selbst nach dem Rechten sehen.

In spätestens zehn Minuten würde sie an Ort und Stelle sein, rechnete sie aus, während sie in ihre Jogginghose schlüpfte.

»Ich kann nicht mehr«, jammerte Christina. »Es ist so kalt, mir tut alles weh!«

»Natürlich können Sie noch. Nur nicht aufgeben!«, ermunterte Keller sie, merkte aber selbst, wie wenig überzeugend er klang. Seine Stimme hörte sich brüchig an, versagte allmählich ihren Dienst, seine Muskeln verkrampften, denn das Wasser zog ihnen nicht nur den Boden unter den Füßen weg, es hatte auch eine so niedrige Temperatur, dass es sie stark auskühlte. Es fühlte sich an, als würde das Leben aus ihren Körpern gesogen. Zunächst wurden die Zehen taub, dann die Finger. Selbst ihre hektischen Schwimmbewegungen konnten dem Klammergriff der Kälte nichts entgegensetzen.

»Oh Gott, ich halt das nicht länger aus.« Christina war der Verzweiflung nahe. »Ich bin zu jung, um zu sterben.«

Jung war Keller nicht mehr, aber auch er hätte alles darum gegeben, um aus dieser ausweglosen Situation zu entkommen. Die Chancen dafür schwanden jedoch mit jedem weiteren Kubikmeter Wasser, der in den Raum floss.

Als sie zu ihrem Auto sprintete und dabei ihre Trainingsjacke abtastete, wurde Jasmin Stahl klar, dass sie den Schlüssel irgendwo anders hingesteckt haben musste. In der Jacke war er jedenfalls nicht.

»Verflixt, so ein Mist«, schimpfte sie vor sich hin, während sie vor ihrem Peugeot stand. »Immer wenn man's eilig hat.« Sie ließ ihre Sporttasche von der Schulter gleiten, pfefferte sie auf den geschotterten Parkplatz und zog den Reißverschluss auf. Sie wühlte sich durch das verschwitzte Trikot, durch Unterwäsche und Socken. Nichts.

»Das darf nicht wahr sein!«, ärgerte sie sich lautstark über sich selbst und rannte zurück zur Sporthalle.

Eilig, hektisch und mit Anflügen von Panik durchsuchte sie die Umkleidekabine. Doch wo sie auch hinguckte – ein Schlüsselbund war nirgends zu sehen. Sie ging in die Hocke, schaute auch unter den Bänken nach. Danach noch die dunklen Ecken, die Nische hinter der Tür. Ohne Erfolg. Wo konnte dieser blöde Autoschlüssel nur sein? Abermals machte sie sich auf die Suche, wiederholte jeden ihrer Schritte, vergewisserte sich, dass sie keinen toten Winkel übersehen hatte. Sogar in die Duschräume warf sie einen Blick. Fehlanzeige!

Sie war patschnass geschwitzt, als sie die Suche schließlich einstellte. Wo auch immer der Schlüssel sein mochte, sie hatte schon genug Zeit verloren. Sie würde ihre Kollegen informieren müssen. Die müssten eine Streife losschicken, die sie hier aufgabeln und gemeinsam mit ihr zum Volksbad fahren sollten. Jasmin konnte nur hoffen, dass das nicht zu lange dauern würde.

*

Sie kämpften ums nackte Überleben, und während sie verzweifelt mit den Beinen strampelten und nach Halt suchten, lief ihre Zeit ab, denn die Kräfte ließen mehr und mehr nach.

Es war ein erschreckendes, beklemmendes Gefühl zu wissen, dass es mit einem zu Ende ging. Keller sah sich Angesicht zu Angesicht mit dem Tod, der für ihn in diesem

Moment gleichbedeutend war mit Eiseskälte und Dunkelheit. Die Unausweichlichkeit seines Schicksals ließ ihn verstummen. Ihm war es nicht mehr möglich, sich an die junge Frau zu wenden, die neben ihm röchelnd nach Luft rang. Er konnte ihr keinen Trost mehr spenden oder ihr Mut zusprechen, denn dies wäre nur noch Heuchelei gewesen. Phrasen, die er auszusprechen nicht länger fähig war.

In dem Bemühen, wenigstens Mund und Nase oben zu halten, wäre es Keller fast entgangen, dass das Zischen des eindringenden Wassers leiser wurde. Dann verstummte es vollends. Keller, in dem augenblicklich neue Hoffnung aufkeimte, lauschte in die Stille, die nur durch ihr eigenes Plantschen unterbrochen wurde. Hatte es sich Meister etwa anders überlegt? Hatte sein Gewissen gesiegt?

Auch Christina begriff, dass etwas geschehen war. Fragend sah sie ihn an.

Und dann hörten sie eine Stimme. Nicht die von Meister, sondern die eines anderen Mannes, draußen vor der Tür. Eine Stimme, die Keller wohlvertraut war.

»Seid ihr da drin?«, rief Burkhard.

»Ja!« Keller verschluckte sich prompt, hustete. »Mach keinesfalls die Tür auf! Der ganze Raum ist überflutet. Wir müssen das Wasser langsam ablassen.«

»Ich habe hier eine Feueraxt. Ich schlage ein Loch ins Türblatt. Das müsste als Ventil taugen.«

»Sei vorsichtig!«, ermahnte Keller ihn.

Gleich darauf fuhren harte Schläge gegen das Holz, das berstend nachgab. Ein Strudel bildete sich auf der Oberfläche, als sich das Wasser seinen Weg nach draußen bahnte.

Burkhard legte der völlig durchnässten und bibbernden Christina seine Jacke über. Auch Kellers Kleidung triefte vor Nässe, doch die Freude über die unverhoffte Rettung war stärker als die Kälte.

»Wie hast du uns gefunden?«, wollte er wissen.

Burkhard, selbst jetzt noch die Ruhe in Person, erklärte es ihm: »Ich hatte einen Beobachtungsposten gegenüber dem Volksbad bezogen, genau wie du es mir am Telefon gesagt hattest. Dort wäre ich geblieben, bis ich die nächste Anweisung von dir bekommen hätte. Doch als anstelle von Christina dieser geschniegelte Meister herauskam und sich nach allen Seiten umsah wie ein Bankräuber auf der Flucht, wusste ich, dass etwas schiefgelaufen sein musste. Er hat glücklicherweise sehr schnell geredet, verraten, wo er euch eingesperrt hat und mir den Wasserschieber gezeigt.«

Keller musterte seinen zuverlässigen und gescheiten, aber eben auch etwas schwerfälligen und behäbigen Sohn und fragte: »Wie hast du ihn denn zum Reden gebracht?«

Burkhard lachte. »Gar nicht! Der wäre mir doch sofort entwischt. Nein, nein, ich hatte Verstärkung dabei. Wozu geht unser Macho Man denn dreimal die Woche in die Muckibude?«

Kaum hatte er ausgesprochen, tauchte Jochen auf – mit dem reichlich derangierten Meister im Schlepptau. In der freien Hand hielt er ein Handy. »Die Polizei müsste jeden Moment kommen«, kündigte Jochen an.

»Schon da!«, rief Jasmin Stahl, die zusammen mit zwei Streifenbeamten gleich nach ihm um die Ecke bog, die durchnässten Gestalten und den geknickten Meister sah und fragte: »Hab ich irgendetwas verpasst?«

*

»Was geschieht jetzt mit ihr?«, erkundigte sich Doris, während sie mit beiden Händen fest auf den Kofferdeckel drückte. Er wollte sich einfach nicht schließen lassen, weil sie wieder einmal viel zu viel eingepackt hatte für die bevorstehende Reise.

»Das kann ich schwer beurteilen«, meinte Konrad Keller und half ihr beim Quetschen. »Die einzige Straftat, die man Christina Fink nachweisen kann, ist ihr Erpressungsversuch an Armin Meister. Für die beiden Todesfälle ist sie nicht verantwortlich – zumindest strafrechtlich nicht, und die moralische Komponente zählt vor Gericht nicht.«

Doris freute sich auf den Italienurlaub, zu dem sie morgen früh starten wollten. Ihr Ärger über den unbedachten Egotrip ihres Mannes und die Beinahekatastrophe im Volksbad war verflogen, zumal die Freude über das Wiedersehen mit dem unversehrten Konrad ihre Wut überflügelt hatte. Und nun würden sie ausspannen und Bella Italia im Frühling genießen. Dank der inzwischen eingebauten neuen Kardanwelle würde sie ihr treuer T1-Oldtimer über die Alpen kutschieren, geradewegs in Richtung Gardasee, Piemont und Toskana.

»Sie hat sich bei ihrem Spiel mit dem Feuer nur die Finger verbrannt«, folgerte Doris und schaffte es, die Verschlüsse des Koffers einrasten zu lassen.

»Treffend ausgedrückt«, bestätigte ihr Mann. »Aber sie kann ja noch mindestens auf einen letzten verbliebenen Verehrer zählen, der ihr den versengten Finger pusten kann: Stubenbrot – falls sich der alte Zausel nicht völlig verschreckt von ihr abwendet.« Er lächelte etwas gemein. »Meister dagegen darf sich aufs Fegefeuer einstellen, um bei deinem Bild zu bleiben. Eine Nachuntersuchung in der Männerschwimmhalle hat Textilfasern ans Licht gebracht, die seiner Kleidung zugeordnet werden konnten. Und auf Tom Pieros Regenjacke fand sich ein Haar mit Meisters DNA. Sein großer Traum, ein Vermögen als selbsternannter Drogenbaron zu machen, ist mit lautem Knall zerplatzt.«

»Dank des unermüdlichen Einsatzes von Polizeioberrat im Ruhestand Konrad Keller«, schmeichelte ihm Doris, um gleich anzuknüpfen: »Aber nun ist Schluss damit. In Italien schaust du brav beiseite, wenn sich irgendetwas Unrechtmäßiges ereignet. Denn mit der Mafia legst du dich nicht an, Konrad, das verbiete ich dir.«

Er schmunzelte. »Mafia«, griff er ihren Gedanken auf, »das wäre wirklich mal eine Herausforderung.«

Als das Telefon läutete, sah Konrad Keller seiner Frau an, dass sie ihre letzten Worte am liebsten revidieren würde. Denn hatte sie damit nicht das Unheil heraufbeschworen?

»Keller?«, meldete er sich.

»Stahl hier.«

»Ach, Jasmin, fein von Ihnen zu hören.«

»Ich wollte Ihnen einen schönen Urlaub wünschen. Es stimmt doch, dass Sie verreisen? Nach Italien, wie man hört.«

»Ja. Wir packen gerade die Koffer. Morgen soll's losgehen.«

»Morgen schon. Hm, schade, dann hat es sich erledigt.«

Keller runzelte die Stirn und wandte sich von seiner Frau ab, deren Blicke ihn zu durchbohren schienen. »Was hat sich erledigt?«

»Nichts, nichts. Ich will Ihnen die Ferien nicht vermiesen.«

»Das tun Sie, wenn Sie mir nicht sofort sagen, weshalb Sie mich angerufen haben.«

»Also gut, Chef: Wir könnten Ihren Rat gebrauchen. Es geht um den gewaltsamen Tod eines Eisdielenbetreibers in der Südstadt ...«

Keine leisen Töne

Moritz Beckmann kannte dieses Spiel schon: Oft genug hatte er sich darüber aufgeregt. Anfangs fraß er den Ärger in sich hinein, dann beschwerte er sich und schrieb schließlich sogar eine gepfefferte E-Mail an den Vermieter. Aber all das hatte nichts genutzt. Denn Berta Vogel, die sechsundachtzigjährige Mieterin der Wohnung unter ihm, drehte den Ton ihres Fernsehers trotzdem jeden Abend bis zum Anschlag auf. Sie war taub wie ein Fisch, wollte oder konnte sich jedoch mit keinem Hörgerät anfreunden.

Der heutige Tag bot da leider keine Ausnahme: Moritz, der nach einem stressreichen Arbeitstag gern die Beine hochgelegt und gechillt hätte, fand keine Ruhe. Von unten drangen laute Stimmen durch die Decke. Es wurde gezetert und geschrien, Dinge gingen zu Bruch, dann ertönte sogar ein Schuss. Oma Berta schaute sich also mal wieder einen Film an und ließ das ganze Mietshaus an ihrer Vorliebe für Krimis teilhaben. Moritz wusste, dass das stundenlang so gehen könnte und tat, was er die letzten Abende auch gemacht hatte: Er zog sich seinen neuen, speziell gegen Außengeräusche gedämmten Kopfhörer über, schloss die Augen und lehnte sich zurück. Genussvoll lauschte er seiner Musik und konnte endlich entspannen.

Dass kurz darauf Polizei- und Notarztwagen vorfuhren, ein berüchtigter Raubmörder gestellt und die Leiche der durch Kopfschuss getöteten Berta Vogel abtransportiert wurde, bekam Moritz nicht mehr mit.

Keiner mag mich

»Paul!«

»Ja?«

»Geh jetzt bitte. Ich habe zu tun!«

»Ich habe meinen Kaffee aber noch nicht ausgetrunken.«

»Dann nimm den blöden Plastikbecher einfach mit, aber verschwinde endlich! Wenn Hauptkommissar Schnelleisen dich in meinem Büro antrifft, macht er mir wieder die Hölle heiß. Und darauf kann ich gut und gern verzichten.«

»Warum denn so unleidlich?«

»Weil mich mein aktueller Fall echt schlaucht. Der geht mir an die Nieren.«

Paul Flemming hatte es sich in dem kleinen, mit Grünpflanzen vollgestellten Büro von Oberkommissarin Jasmin Stahl bequem gemacht und die Füße auf ihrer Schreibtischplatte abgelegt, als wäre er im Polizeipräsidium zu Hause, in der Hand einen lauwarmen Automatenkaffee.

Er hatte mal wieder wenig bis gar nichts zu tun; Auftragsflaute in der Fotobranche. Und da ihm daheim die Decke auf den Kopf fiel, wollte er seine Zeit totschlagen, indem er sich bei seiner alten Freundin Jasmin nach den Fortschritten im Fall des »Scherenmörders« erkundigte. Aus der Zeitung wusste er, dass sich die Polizei schwertat, die mittlerweile drei Todesfälle aufzuklären, die auf das Konto des Unbekannten gingen. Bei allen drei Bluttaten war eine spitz zulaufende Doppelklinge als Mordwerkzeug eingesetzt worden; laut Gerichtsmedizin handelte es sich höchstwahrscheinlich um eine handelsübliche Schere mit Edelstahlschneiden. Während der Tatverlauf jeweils ähnlich aussah – die Opfer wurden in der Dämmerung oder bei Nacht an einsamen Orten überrascht und umgebracht –, ließ die Auswahl der Zielpersonen kein Muster erkennen. Die Getöteten standen in keinem verwandtschaftlichen Verhältnis zueinander, arbeiteten nicht zusammen und wohnten nicht im gleichen Ort. Auch das Alter war sehr unterschiedlich: dreiunddreißig, vierzig und achtundsiebzig.

Was die Mordserie besonders spektakulär machte, waren die Aussagen einiger Zeugen, die sich in Hörweite der Tatorte aufhielten und Unheimliches zu berichten hatten: Angeblich, so die übereinstimmenden Angaben, habe der Mörder mit einer Kinderstimme gesprochen, bevor er auf seine Opfer einstach. Gebetsmühlenartig habe er immer den gleichen Satz wiederholt:

»Keiner mag mich!«

Als Paul davon erfahren hatte, war ihm ein kalter Schauer über den Rücken gelaufen. Sollte man es hier tatsächlich mit einem mordenden Kind zu tun haben? Ein Kind, das sich zurückgesetzt oder verstoßen fühlte und daher mit einer Schere wahllos auf Menschen einstach? Eine gruselige Vorstellung, fand Paul.

»Haben eigentlich diese Ohrenzeugen auch etwas gesehen?«, erkundigte sich Paul.

»Nein. Bis sie anhand der Schreie der Sterbenden den Ort des Geschehens auffinden konnten, war der Täter schon entkommen«, antwortete Jasmin, die es offenbar aufgegeben hatte, ihren ungebetenen Gast loszuwerden. »Lediglich ein Passant will einen Schatten gesehen haben, der sich schnell vom Tatort fortbewegte. Er sprach von einer relativ kleinen, schmalen Silhouette.«

»Das würde ja hinkommen: klein, schmal – also tatsächlich ein Kind oder Jugendlicher.«

Jasmin nickte bedeutungsschwanger. »Dieses Kind verfügt allerdings über umfangreiche Kenntnisse der modernen Kriminaltechnik«, gab sie Insiderwissen preis, das bisher noch nicht den Weg in die Zeitung gefunden hatte.

»Was meinst du damit?«, fragte Paul.

»Wie du ja weißt, ist es nahezu unmöglich, keine Hinweise zu hinterlassen. Egal, wo du hingehst oder was du tust: Du verursachst eigentlich immer Spuren, die sich auf deine Person zurückführen lassen. Haare, Hautschuppen, Speichel, Schweiß, Textilfasern und, und, und. Doch unser mordendes Kind schafft es, völlig ohne jede Spur vom Tatort zu verschwinden. Mit Ausnahme einiger Fußabdrücke, die aber kaum aussagekräftig sind, da die Schuhe kein Profil haben. Auch die Schuhgröße, 38, bringt uns nicht weiter, weil man bei einem so raffiniert vorgehenden Täter nicht davon ausgehen darf, dass sie wirklich der Länge seiner Füße entspricht. Wir haben es mit einem Meister des Täuschens und Tarnens zu tun.«

»Keine verwertbaren Spuren … – wie gelingt dem Mörder das bloß?«

»Handschuhe, Haarhaube, womöglich auch ein Mundschutz«, spekulierte Jasmin. »Ein verflucht schlaues Kind.«

»Wie wollt ihr den Täter schnappen, wenn er sich wie ein Geist verhält und keinerlei Zeichen hinterlässt?«

»Immerhin kennen wir die Stimme, die uns als kindlich hoch, etwas schrill und verängstigt beschrieben wurde. Auch aus diesem ›Keiner mag mich‹ lassen sich gewisse Schlüsse ziehen.«

»Ist das der Grund, weshalb ihr eine Psychologin bemüht habt?«

»Woher weißt du …?«

»Victor Blohfeld hat darüber in seinem Boulevardblatt berichtet. Es ist also wahr?«

»Ja«, bestätigte Jasmin. »Wir haben eine Profilerin darauf angesetzt, die seit Kurzem bei uns beschäftigt ist.«

Kaum hatte Jasmin ausgesprochen, klopfte jemand an und eine Frau steckte ihren Kopf durch den Türspalt. Sie hatte ein rundes, freundliches Gesicht, trug eine dunkel geränderte Brille und einen nussbraunen Pagenschnitt.

»Wenn man vom Teufel spricht«, rief Jasmin aus und winkte die Besucherin herein. »Darf ich vorstellen: Katrin Schweitzer vom polizeipsychologischen Dienst. Und das ist Paul Flemming, von Beruf Nervensäge.«

Katrin Schweitzer, eine schlanke Erscheinung von etwa dreißig Jahren, schüttelte Paul die Hand. »Freut mich«, sagte sie. Und an Jasmin gerichtet: »Eigentlich hätten wir jetzt einen Termin, aber wenn ich ungelegen komme, können wir den verschieben.«

»Nein, nein«, sagte Jasmin und zog für die Psychologin einen Stuhl heran. »Herr Flemming wollte sowieso gerade gehen.«

»Also gut«, meinte Katrin Schweitzer und nickte Paul mit einem verhaltenen Lächeln zu.

Paul sah ein, dass er nicht länger bleiben sollte, erhob sich und wollte sich gerade verabschieden, als ihn eine Bewegung der Psychologin stutzen ließ: Katrin Schweitzer bückte sich nach einem heruntergefallenen Kugelschreiber. Als sie sich wieder aufrichtete, tat sie das nicht in einer flüssigen Bewegung, sondern langsam und zögerlich. Dabei schaute sie sich zu beiden Seiten um, als würde sie sich absichern oder vor irgendetwas schützen wollen.

Das Ganze dauerte nur wenige Sekunden, doch es reichte, um in Paul eine Erinnerung wachzurufen: Es mochte drei oder vielleicht vier Jahre her gewesen sein, als sich eine Kundin in seinem Fotoatelier vorgestellt hatte. Sie wollte sich von Paul ablichten lassen. Gern freizügig, denn die Bilder waren als Liebesbeweis für ihren Freund gedacht. Solche Aufträge gehörten für Paul als professionellen Fotografen zum Tagesgeschäft. Reine Routine. Dennoch hatte er diesen einen Job besonders im Gedächtnis behalten, weil er in einem Fiasko geendet hatte. Sein Model erwies sich als extrem prüde und konnte sich selbst mit bewährten Methoden der Auflockerung nicht entspannen: Die leise Hintergrundmusik empfand sie als störend, Pauls aufmunternde Sprüche als Zumutung und den dargebotenen Sekt lehnte sie strikt ab. Paul war mit seiner Kunst bald am Ende. Auf den wenigen Bildern, die er schoss, wirkten die Posen der Kundin gehemmt und alles andere als erotisch. Und es wurde nicht besser.

Vor allem eine Situation hatte sich ihm eingeprägt: Als sein Model sich aus einer hockenden Position erheben sollte, tat sie das überaus vorsichtig und mit einem Gesichtsausdruck, als würde sie damit rechnen, dass sich jeden Augenblick jemand auf sie stürzen könnte. Ein geschlagenes Mädchen, hatte sich Paul damals gedacht und über dieses missratene Fotoshooting lange nachgegrübelt.

Aber da war noch etwas, das er so gut wie vergessen hatte, dessen Erinnerung nun aber wachgerufen wurde: Als die Kundin sich die bescheidene Bildauswahl angesehen hatte, bezahlte sie Paul für seine Arbeit, verzichtete jedoch darauf, die Fotos mitzunehmen. Mit der Begründung, dass sie ihrem Freund sicher nicht gefallen würden. Wie alles, was sie ihm schenkte.

Und als sie ging, sagte sie etwas, das Paul mit seinem Wissen von heute elektrisierte:

»Keiner mag mich.«

Wie angewurzelt blieb Paul stehen, als er an den unheimlichen Moment von damals zurückdachte. Er entsann sich noch genau an den seltsam veränderten Klang, mit der die Kundin diesen traurigen letzten Satz ausgesprochen hatte: Es hatte sich angehört wie eine gebrochene Kinderstimme …

»Ist alles okay mit dir?«, erkundigte sich Jasmin, die bemerkt hatte, wie blass Paul plötzlich geworden war.

»Nein, ist es nicht«, sagte er und überlegte, was er mit seiner verstörenden Erinnerung anfangen sollte. Konnte es denn wirklich sein, dass es sich bei der Psychologin um ein und dieselbe Person handelte? War dieser Zufall nicht zu groß?

»Paul?«, fragte Jasmin mit drängender Stimme. »Was ist plötzlich los mit dir?«

Er antwortete ihr nicht und wandte sich stattdessen Katrin Schweitzer zu. Die blieb wie angewurzelt sitzen und starrte ihn an. Paul beugte sich zu ihr vor. Ohne sie um Erlaubnis zu bitten, nahm er ihr die Brille ab und betrachtete ihr Gesicht. Dabei fiel ihm die Traurigkeit in ihren Augen auf.

»Sie heißen Katrin?«, fragte er, obwohl er es ja schon wusste. »Vor einigen Jahren besuchte mich eine Kundin in meinem Fotostudio. Leider stießen die Aufnahmen nicht auf ihr Wohlgefallen. Die Kundin war sehr gehemmt und fühlte sich von ihren Mitmenschen ungeliebt. Das sprach sie auch aus, als sie mein Atelier verließ: ›Keiner mag mich‹, sagte sie damals. Ich erinnere mich noch genau daran – ebenso wie an ihr Gesicht und ihren Namen: Katrin.«

Die Psychologin schien noch immer wie versteinert. Dann begannen ihre Lippen zu beben. In derselben Sekunde sprang sie mit so viel Schwung auf, dass ihr Stuhl umkippte. Katrin Schweitzer stürzte sich auf Jasmins Schreibtisch, griff nach einer herumliegenden Schere und wirbelte herum. Sie holte aus und versuchte die Klingen in Pauls Brustkorb zu bohren. Dabei schrie sie unentwegt: »Keiner mag mich!«

Jasmin war schneller. Sie bekam einen Locher zu fassen, zielte und traf Katrin Schweitzer genau an der Schläfe. Die Psychologin taumelte, ließ die Schere fallen und sackte in sich zusammen.

Paul atmete auf und plumpste auf seinen Stuhl zurück. »Das war knapp«, hauchte er zutiefst verstört.

»Ja, aber effektiv«, meinte Jasmin, umrundete den Schreibtisch und fixierte Katrin Schweitzer mit Handschellen am Heizungsrohr. »So spontan habe ich einen Fall selten gelöst. Schnelleisen wird zufrieden sein, und vielleicht darfst du jetzt öfter einen Kaffee bei mir trinken.«

Paul sah ihr verdattert zu und bewunderte ihre Unerschrockenheit. »Glaubst du, Katrin Schweitzers Opfer waren Leute aus ihrem Umfeld? Menschen, die ihr – bewusst oder unbewusst – Leid angetan hatten?«, fragte er mit zittriger Stimme.

»Gut möglich. Wie es aussieht, hat sie eine gestörte Seele, vielleicht aufgrund eines frühkindlichen Traumas«, mutmaßte Jasmin und ging zum Telefon, um den Sanitäts- und den Sicherheitsdienst zu alarmieren. »Aber Genaueres kann uns nur ein Experte auf diesem Gebiet sagen: ein Psychologe ...«

Schopenhauers schöne Bescherung

Dieser ganze Weihnachtsrummel wird mir zu viel. Die Atmosphäre in der Stadt ist zwar wunderbar stimmungsvoll, keine Frage. Und ich habe es ja gern, wenn Lichterketten über den Einkaufsstraßen hängen und die Schaufenster festlich dekoriert sind. Ich mag auch den Duft vom Maroni-Stand und selbstverständlich den aus den Glühweinbuden.

Aber dieses Drängeln, Schubsen und Schieben macht die ganze schöne Stimmung kaputt. Ebenso wie der panikartige Ausdruck im Gesicht derjenigen, die kurz vor dem Fest ihre Geschenke immer noch nicht beisammen haben.

Zugegeben: Zu denen gehöre ich auch, und würde mir jemand einen Spiegel vorhalten, könnte ich sehen, dass ich nicht freundlicher aus der Wäsche schaue als all die anderen Last-Minute-Shopper. Eigentlich dürfte ich mich gar nicht beklagen. Denn die meisten Präsente, nämlich die für die Kinder und die Enkelchen, hat Inge längst besorgt. Als vorausschauende Frau ist sie schon vor der Adventszeit losgezogen, um alles in Ruhe auszusuchen und die vorweihnachtliche Massenhysterie zu umgehen. Aber um das Geschenk für sie selbst muss natürlich ich mich kümmern. Als Rentner mit jeder Menge Zeit hätte ich das schon lang erledigt haben können. Aber nein, ich warte bis zum letzten Moment und stürze mich dann ins schlimmste Gewühl. Ergo: Ich habe es nicht anders verdient, als meine Nerven im Chaos der Geschenkejäger aufreiben zu lassen.

Nun bin ich froh, einen Platz in einem Café gefunden zu haben, um wenigstens für ein paar Minuten dem Getümmel zu entgehen. Die Pause tut gut und auch der heiße

Cappuccino. Ein Viertelstündchen Ruhe ist jetzt genau das Richtige für mich.

»Grüß dich, Konrad.«

»Wer? Was? Entschuldige, ich war ganz in Gedanken.«

»Du sitzt hier im Café? Ausgerechnet an einem Tag, an dem jeder einigermaßen vernünftige Mensch die Stadt meidet. Musst du etwas für den Heiligen Abend besorgen, oder fällt dir daheim bei deiner Inge die Decke auf den Kopf?«

»Ersteres. Du hast mich durchschaut, Victor. Ewig nicht mehr gesehen, alter Skandalreporter!«

»Und doch wiedererkannt. Wie lange bist du eigentlich schon in Rente?«

»Mittlerweile im dritten Jahr. Aber dank der Kinder, der Enkel und Inges unerschöpflichen Reiseplänen wird's nicht langweilig.«

»Vermisst du den Polizeidienst denn gar nicht? Immerhin hast du als Kripochef ja im Zentrum des Geschehens gestanden.«

»Hin und wieder. Besonders dann, wenn ein Fall nicht aufgeklärt werden kann. Da würde ich den Kollegen gern helfen.«

»Kann ich mir gut vorstellen. In den goldenen Zeiten des legendären Polizeioberrats Konrad Keller kam es ja nie vor, dass eine Tat ungesühnt blieb.«

»Spar dir deinen Spott, Victor. Du weißt ganz genau, dass auch mir der ein oder andere Straftäter durch die Lappen gegangen ist – und hast dich weidlich darüber in deinem Schmierblatt ausgelassen.«

»Immer noch sauer deswegen?«

»Nein, das gehört ja zu deinem Job. Da heißt es für unsereins, gute Miene zum bösen Spiel zu machen.«

»Deine Miene sieht aber gerade alles andere als gut aus.«

»Liegt am Weihnachtsstress.«

»Selbst schuld, wenn du auf den letzten Drücker einkaufen gehst. Das Shoppen ist nicht dein Ding. Genauso wenig wie das Leben als Pensionär. Ich kenne dich, Konrad. Insgeheim brütest du doch immer noch über deinen alten Fällen.«

»Wenn du das sagst ...«

»Ja, das sage ich. Hand aufs Herz, Konrad. Es gibt gewiss die ein oder andere nicht geknackte Nuss, die dir keine Ruhe lässt und das Rentnerleben vermiest.«

»Zugegeben: Meine ungelösten Fälle liegen mir noch immer schwer im Magen.«

»Gibt es denn einen, über den du besonders häufig nachgrübelst?«

»Ja, allerdings. Es ist ... der Fall Schopenhauer.«

»Schopenhauer? So wie der Philosoph?«

»Ja, nur dass er nicht Arthur, sondern Herbert hieß. Realschullehrer von Beruf. Es ist gute zehn Jahre her, dass mir dieser Mann schlaflose Nächte bereitet hat.«

»Hm. Herbert Schopenhauer – zu diesem Namen fällt mir spontan nichts ein. Worum ging es denn?«

»Mord! Ich weiß es noch, als wäre es heute passiert: Es war ebenfalls kurz vor Weihnachten, ein grauer Tag im Dezember. Spätnachmittags platzte Schopenhauer bei mir herein. Ein schmächtiges Männchen von fünfundvierzig Jahren mit Stirnglatze und schlecht sitzendem Anzug. Er hatte zunächst den Pförtner rebellisch gemacht und war dann von einem Beamten in mein Büro geführt worden, weil er – wie er steif und fest behauptete – den Liebhaber seiner Frau umgebracht hatte.«

»Mord aus Eifersucht? Daran müsste ich mich doch erinnern ...«

»Nein, denn die Sache gelangte nie in den Polizeibericht.«

»Verstehe ich nicht. Bei einem Mord? Den kann man doch nicht einfach verschweigen!«

»Hör mir gut zu, Victor, dann wirst du verstehen: Nachdem sich Schopenhauer einigermaßen beruhigt hatte, schilderte er mir in allen Einzelheiten den Ablauf der Tat. Schon länger habe er seine Frau verdächtigt fremdzugehen. Also habe er es wissen wollen und vorgegeben, den ganzen Nachmittag über an einer Lehrerkonferenz teilnehmen zu müssen. Eine Konferenz, die gar nicht stattgefunden habe.«

»Und weiter?«

»Nur langsam. Eines nach dem anderen. Diese Lehrerkonferenz sei, wie gesagt, frei erfunden gewesen. In Wahrheit habe er sich vor dem eigenen Haus auf die Lauer gelegt und beobachtet, wie ein ihm fremder Mann an der Tür läutete und von seiner Frau eingelassen wurde.«

»Schopenhauer muss ziemlich sauer gewesen sein. Wie hat er reagiert?«

»Er sagte, er habe einige Minuten verstreichen lassen, bevor er selbst in die Wohnung gegangen sei – und Gattin plus Liebhaber in flagranti ertappt habe. In rasender Wut habe er nach einem Schürhaken gegriffen, der vorm Kamin lag, und auf den Ehebrecher eingeschlagen. Der sei blutüberströmt zusammengebrochen und regungslos liegen geblieben.«

»Krass. Was geschah dann?«

»Nachdem Schopenhauers Frau in wilder Panik geflohen sei, setzte sich der vermeintliche Totschläger in seinen Wagen und fuhr zum Polizeipräsidium, wo er sich stellte.«

»Du sprichst von einem *vermeintlichen* Totschläger. Was stimmte denn nicht an der Sache?«

»Zunächst stimmte alles. Da die Aussage sehr plausibel und detailliert klang, fuhren wir natürlich sofort zu seinem Haus. Gleich mit der großen Besetzung, Spurensicherung und Polizeiarzt inklusive.«

»Aber?«

»Aber – wir fanden nichts. Weder eine Leiche noch einen Tropfen Blut. Stattdessen begrüßte uns eine sichtlich beunruhigte Frau Schopenhauer, die sich um ihren Mann ängstigte. Dieser befinde sich seit einigen Wochen in psychiatrischer Behandlung und habe versäumt, seine tägliche Tablettenration einzunehmen. Nachdem er plötzlich verschwunden war, machte sie sich große Sorgen um ihn.«

»Jetzt wird ein Schuh aus deinen seltsamen Andeutungen: Du meinst, der Mord hat überhaupt nicht stattgefunden!«

»Genau, Victor. Der Besuch des Liebhabers und die anschließende Tat hatten sich ausschließlich im Kopf des verwirrten Schopenhauer abgespielt.«

»Dann verstehe ich nicht, warum dich diese Angelegenheit immer noch beschäftigt. Was kann es für einen Kommissar Bequemeres geben als einen Mord, den es nie gegeben hat?«

»Zunächst hat es mich gar nicht großartig beschäftigt. Ich hatte es als Skurrilität abgehakt und fast vergessen, als Schopenhauer einige Zeit später erneut auf der Bildfläche erschien. Es war zwischen den Feiertagen, das Kommissariat lief nur mit einer Notbesetzung. Wie bei seinem ersten Besuch war Schopenhauer außer Rand und Band. Er erzählte uns eine irre Geschichte von seiner Frau, die ihn abermals hintergangen habe. Angeblich hatte sie diesmal ein Verhältnis mit einem Nachbarn. Er habe sie zur Rede gestellt, worauf ein erbitterter Streit entbrannt sei. In seiner Rage habe Schopenhauer seine Frau schließlich erwürgt.«

»Wie hast du reagiert?«

»Diesmal war ich ja vorgewarnt. Statt gleich wieder die ganze Kavallerie ausrücken zu lassen, ließ ich mir die Telefonnummer der Schopenhauers geben. Ich rief an, und schon nach dem ersten Rufzeichnen wurde abgenommen.«

»Lass mich raten: Frau Schopenhauer war am Apparat.«

»Genau. Ich schilderte ihr die Lage, woraufhin sie sich tausendfach entschuldigte und mich inständig bat, ihren Mann nicht in die geschlossene Psychiatrie einweisen zu lassen. Sie versprach, künftig besser darauf zu achten, dass er regelmäßig seine Medizin einnahm.«

»Also zwei eingebildete Morde.«

»Korrekt. Doch dabei ließ er es leider nicht bewenden.«

»Gab es etwa noch einen dritten?«

»Eine Weile blieb es ruhig, und das Tagesgeschäft ließ mich Schopenhauer abermals fast vergessen. Doch dann, es muss inzwischen Ende Januar gewesen sein, schlug Schopenhauer mit der nächsten Mordnachricht bei mir auf. Diesmal behauptete er, seinen Schwager umgebracht zu haben. Denn der habe seine Frau mit einem anderen Mann verkuppelt, um damit ihre Ehe auseinanderzubringen. Im Handgemenge habe er ihm mit einem Golfschläger den Schädel zertrümmert.«

»Was hast du unternommen? Die Männer im weißen Kittel angefordert?«

»Ich war kurz davor. Doch diesmal lieferte mir Schopenhauer einen Beweis: Er zeigte mir seine Handflächen – sie waren voller Blut.«

»Oha! Wie ging es weiter?«

»Natürlich mussten wir nach dem Rechten sehen und fuhren zu Wolfram Heyder, seinem Schwager.«

»Heyder, der Immobilienmogul? Der Mord an ihm geisterte damals wochenlang durch die Gazetten. Ich erinnere mich sehr gut daran. Aber von einem Prozess gegen Schopenhauer ist mir nichts bekannt.«

»Dazu kam es auch nicht. Obwohl er geständig war und wir seine Fingerabdrücke am Tatort fanden, glaubten weder wir noch die Staatsanwaltschaft an seine Schuld, denn zusätzlich entdeckten wir Einbruchspuren. Außerdem fehlten Wertgegenstände wie Schmuck und Gemälde.«

»Also Raubmord.«

»Ja, zu diesem Schluss führten unsere Ermittlungen. Schopenhauers Selbstbezichtigungen wurden von einem Gutachter als reine Fantasie bewertet.«

»Und das Blut an seinen Händen?«

»Schopenhauer und sein Schwager, die sich laut Zeugenaussagen übrigens immer gut verstanden haben sollten, waren an jenem Tag verabredet. Bei der Rekonstruktion der Ereignisse kamen wir zu dem Schluss, dass Schopenhauer seinen Schwager kurz nach dem Überfall aufsuchte, den Toten fand und dieser Schock den nächsten geistigen Aussetzer bei ihm auslöste. Diese Theorie erklärt auch seine Fingerabdrücke am Tatort.«

»Folglich hast du ihn gehen lassen. Und der Raubmörder wurde nie gefasst?«

»Genau.«

»Und heute hast du Zweifel?«

»Nun – ich habe Schopenhauer wiedergetroffen. Erst gestern bin ich ihm in der Kaiserstraße begegnet. Blendend sah er aus, ebenso wie seine Frau. Beide schleppten sich mit Tüten und Taschen aus Edelboutiquen ab.«

»Wie kann er sich das denn leisten als Realschullehrer?«

»Das habe ich mich auch gefragt und diskrete Erkundungen eingezogen. Man hat ja immer noch seine Verbindungen.«

»Und? Was hast du herausgefunden?«

»Die beiden sind finanziell auf Rosen gebettet, denn Frau Schopenhauer hat als Alleinerbin ihres Bruders ein beträchtliches Vermögen erhalten. Die beiden haben sicher keine finanziellen Sorgen, und das Geld hat wohl auch positive Auswirkungen auf Geist und Seele: Von Verwirrtheit ist bei Schopenhauer jedenfalls nichts mehr zu spüren.«

Als Victor Blohfeld gegangen ist, überlege ich, ob der ausgebuffte Boulevardreporter eine Story daraus machen wird. Vielleicht kommt dadurch tatsächlich noch einmal Bewegung in die Sache, und der Fall wird als abgekartetes Spiel des Ehepaars Schopenhauer demaskiert. Denn Mord verjährt bekanntlich nicht, und mit den Methoden der modernen Forensik und DNA-Analysen lassen sich wahre Wunder vollbringen.

Während ich darüber nachdenke, frage ich mich, ob ich mir noch einen Kaffee bestellen sollte. Doch dann fällt mir Inges Geschenk wieder ein, um das ich mich immer noch nicht gekümmert habe. Um den Einkaufsstress zu überstehen, werde ich etwas anderes brauchen als noch mehr Koffein. Also lasse ich mir einen Glühwein servieren.

Das Gebot der Stunde

Winfried Schnelleisen bot sich ein verstörendes Bild: Als der hochgewachsene Kriminalhauptkommissar den weitläufigen Messestand betrat, musste es ihm so vorkommen, als habe er seinen Fuß auf ein Schlachtfeld gesetzt. Das gesamte Dekor inklusive der integrierten Flatscreens, der Infostelen und des geschwungenen Tresens mit eleganten Barhockern war verwüstet worden. Wohin Schnelleisen auch sah, waren Fetzen von Imagebroschüren, zersprungene Gläser, aber auch Brillen, Schuhe und andere Kleidungsstücke verteilt. Es roch intensiv nach verschiedenen Damenparfüms, Tabakrauch, Alkohol und Erbrochenem. Und mittendrin in diesem anklagenden Zeugnis einer orgiastischen Party lag der Tote.

Hauptkommissar Schnelleisen, der genau wie seine Begleiter von der Spurensicherung einen pastellgrünen Overall, Handschuhe und eine Haube über dem Haar trug, schätzte das Opfer auf Mitte, vielleicht Ende zwanzig. Der Mann war gut einen Meter achtzig groß und schlank gewesen. Seine Kleidung war die eines Geschäftsmanns: grauer Anzug, darunter ein ehemals weißes Hemd. Mittlerweile wies das Hemd mehrere dunkelrote Flecken auf, die längliche, jeweils knapp drei Zentimeter lange Schnitte umrahmten. An diesen Stellen, nahm Schnelleisen an, hatte der Täter zugestochen. Die Tatwaffe, ein Messer, das wahrscheinlich aus der Küchenzeile des Standes stammte, konnte unweit des Toten auf dem Boden sichergestellt werden.

Es war früher Morgen gewesen, als Schnelleisen bei einsetzender Dämmerung mit Blaulicht und Martinshorn zum

Messezentrum gerast war. Wie er schnell erfuhr, fand dort derzeit die Braumesse statt, bei der sich Experten der Branche wie Brauer, Getränkemarktgrossisten und Vertreter der Gastronomie ein Stelldichein gaben und sich über die neuesten Trends auf dem Biermarkt austauschten. Abends, nach Messeschluss, zogen viele Messegäste durch die Innenstadt, um ihr theoretisches Wissen über die Braukunst durch einige praktische Erfahrungen in den örtlichen Gasthäusern und Bars zu ergänzen. Hin und wieder kam es vor, dass direkt auf einem der Messestände gefeiert wurde. Mit einer solchen After-Work-Party hatte es Schnelleisen auch hier zu tun, und in seinen Augen war der Tatverlauf nicht sonderlich kompliziert.

»Die Feier ist aus dem Ruder gelaufen«, deutete er das Chaos um den Toten. »Wahrscheinlich haben wir es mit einer Eifersuchtsgeschichte zu tun. Das übliche Muster: Zwei Männer buhlen um dieselbe Messemieze und zack!«

Könnte sein, stimmte ihm Jasmin Stahl im Stillen zu, die kurz nach Schnelleisen auf dem zerstörten Messestand eintraf. Das Tohuwabohu, das sich ihren Augen bot, sprach durchaus für Schnelleisens Theorie. Auch der Zustand der anderen Partygäste, die Jasmin in einem Nebenraum warten sah, unterstützte die These, dass es die Anwesenden an diesem Abend übertrieben hatten. Selbst jetzt, einige Stunden nach dem jähen Ende der ausufernden Fete, standen sie sichtlich unter Alkoholeinfluss und waren kaum zu einer Aussage fähig. Dass es im Laufe dieses ohne Zweifel übers Ziel hinausgeschossenen Messeausklangs zu Handlungen gekommen war, die der eine oder andere Anwesende bereute, stand außer Zweifel. Dennoch konnte sich Jasmin nicht so recht vorstellen, dass inmitten dieser wüsten Feier jemand einfach so zum Messer gegriffen hatte – es sei denn, der Mörder war dermaßen kaltblütig, dass ihm all die Zeugen egal waren. Nein, Oberkommissarin Jasmin Stahl hatte Zweifel daran, dass es so einfach sein würde, wie ihr Chef sich das vorstellte.

»Hat denn keiner der Partygäste etwas von der Messerstecherei mitbekommen?«, erkundigte sie sich.

Schnelleisen winkte ab. »Die sind alle viel zu blau, um eine vernünftige Aussage machen zu können. Aber es gibt ja ausreichend Spuren, um herauszufinden, wer es getan hat. Wenn unsere Jungs sauber arbeiten, haben wir Mackie Messer bis morgen überführt. Davon abgesehen kann ich es mir jetzt schon denken.«

Wenn Schnelleisen zu denken begann, war das nach Jasmins Dafürhalten kein gutes Zeichen. Sie war gespannt darauf, wen er als Bösewicht identifiziert hatte.

»Schauen Sie sich diesen traurigen Haufen doch einmal an!«, forderte der Hauptkommissar sie auf und deutete auf das gute Dutzend Männer und Frauen, die im Raum nebenan saßen, teils vornübergebeugt, teils die Köpfe auf die Hände gestützt. »Sehen Sie die dralle Blonde mit dem viel zu kurzen Rock und den Stilettos? Ich wette zehn zu eins, dass es bei dem Streit um sie gegangen ist. Und der hagere Kerl mit der Pomade im Haar, der sie die ganze Zeit angafft, ist wahrscheinlich unser Mörder. Eine Eifersuchtstat, ich sag's ja.«

Manchmal beneidete Jasmin ihren Boss darum, dass er sich seine Welt so schön einfach reden konnte. Bei ihm gab es immer bloß Schwarz und Weiß, nie aber Zwischentöne. Dem erfahrenen Herrn Dezernatsleiter reichte ein flüchtiger Blick auf den Schauplatz der Tragödie, und schwups, hatte er seinen Mörder gefunden. Nur leider gingen Schnelleisens Schnellschüsse – nomen est omen – meistens meterweit daneben. Jasmin fragte sich ein ums andere Mal, wie er es bis zum Hauptkommissar hatte bringen können. Wahrscheinlich war sie selbst nicht ganz unschuldig daran, denn ihr fiel es zu, die Fehler ihres Vorgesetzten so diskret wie möglich auszumerzen und ihm eine plausible Alternative aufzuzeigen, mit der er vorm Polizeipräsidenten und der Presse glänzen konnte.

Diesmal würde es wohl wieder so laufen, ahnte Jasmin und überlegte, ob sie es selbst mit einer Befragung der Partygäste versuchen sollte. Doch wie Schnelleisen bereits treffend beobachtet hatte, waren mit diesen Alkoholleichen vorläufig keine Resultate zu erzielen.

Also konzentrierte sie sich auf das Opfer. Die Kommissarin mit ihrem kurz gehaltenen fuchsroten Haar und unzähligen Sommersprossen rings um die Nase ging neben der Leiche in die Knie. Sie besah sich den Toten aus nächster Nähe und stellte fest, dass er gut rasiert war und ein dezentes Aftershave aufgetragen hatte. Haare, Brauen und Nägel machten einen gepflegten Eindruck. Er wirkte athletisch und fit, was für eine gesunde Lebensweise sprach. Oder zumindest dafür, dass er auf sein Äußeres geachtet hatte.

»Konnte schon festgestellt werden, was er von Beruf war?«, fragte sie eine Kollegin vom Erkennungsdienst.

Diese nickte: »Michael Dorian war ein Neuling in der Branche. Frischgebackener Absolvent der Braumeisterschule Weihenstephan.«

»Die haben eine eigene Schule?«, fragte Jasmin.

»Ja, eine Hochschule. Unser Opfer schloss den Studiengang Brau- und Getränketechnologie mit Bestnoten ab. Nach dem, was ich in Erfahrung bringen konnte, haben sich die Arbeitgeber die Finger nach diesem jungen Kerl geleckt. Ein Ass in seinem Fach.«

»Wenn das so ist, gab es womöglich Neider«, folgerte Jasmin. »Vielleicht hat Streber Dorian jemand anderem den Job wegschnappen wollen. Und der nahm ihm das übel.«

Ein Mitglied der Spurensicherung riss Jasmin aus ihren Überlegungen. Der Kollege, der bis eben mit der Untersuchung von Fingerabdrücken an der Tatwaffe beschäftigt gewesen war, machte keinen zufriedenen Eindruck, als er erklärte: »Haufenweise Abdrücke! Einer über dem anderen. Teilweise stark verwischt. Das sieht so aus, als hätten sich verschiedene Leute das Messer gegenseitig aus der Hand genommen. Ich kann mindestens fünf verschiedene Muster feststellen. Allesamt frisch.«

Das macht es nicht einfacher, dachte Jasmin und setzte ihre Untersuchung des Toten fort. Sie registrierte den feinen Stoff des Anzuges, die sorgsamen Bügelfalten im Hemd, das tadellose Glänzen der Schuhe. Michael Dorian hatte sich ordentlich ins Zeug gelegt, um an diesem Abend als gepflegte Erscheinung aufzutreten. Anzunehmen, dass er die Braumesse für eine Art Bewerbungstour genutzt hatte. Wollte er sich und seine Dienste hier im Kreise der Insider und Entscheidungsträger vorstellen, um das Beste für sich herauszuholen? Jasmin hielt das für ziemlich wahrscheinlich. Aber ein konkretes Mordmotiv hatte sie damit immer noch nicht ausgemacht.

Als sie sich erhob, grübelte sie weiter darüber nach. Dabei konnte sie den Blick nicht von dem Toten lassen. Sie ging einige Schritte zurück, wobei sie mit der Ferse an etwas hängen blieb. Sie sah nach unten und stellte fest, dass sie in den Griff einer Aktentasche getreten war. Die Mappe war aus schwarzem Leder gefertigt und sah aus wie neu. Als Jasmin sie aufhob, entdeckte sie auf der Oberfläche nicht die kleinste Macke. Auf dem Verschluss prangten die Initialen »M. D.«. Stand das für »Michael Dorian«?

Jasmin stellte einen der umgekippten Hocker auf, legte die Tasche darauf ab und ließ die Verschlüsse aufklappen. Zum Vorschein kam ein dünner Hefter mit eng bedruckten Seiten, dazwischen Formeln und Zeichnungen. Sie blätterte durch die Zettelsammlung, konnte jedoch keinen Sinn in den Aufzeichnungen erkennen. Für sie war das alles Fachchinesisch.

So sehr war sie mit ihrem Fund beschäftigt, dass sie einen Neuankömmling am Tatort zunächst gar nicht bemerkte – obwohl der große und massige Mann wirklich nicht zu übersehen war.

»Na, Fräulein Stahl, was haben Sie denn da Hübsches entdeckt?« Dr. Todt, Gerichtsmediziner der alten Schule, stand direkt hinter ihr und blickte über ihren Kopf hinweg in die Akten.

»Ich weiß es nicht«, antwortete Jasmin, die sich über die Ankunft des äußerst kompetenten Kollegen freute. »Ich nehme an, das Opfer hat diese Unterlagen mit auf die Messe gebracht. Vielleicht, um sie jemandem zu zeigen?«

Todt nahm ihr den Hefter unaufgefordert aus der Hand. Er setzte seine Lesebrille, die an einer Kordelkette vor seiner Brust gebaumelt hatte, auf die Nase, vertiefte sich in die Formelsammlung und stieß ein anerkennendes Grunzen aus.

»Donnerwetter!«, sagte er, nachdem er geschlagene zehn Minuten lang die Aufzeichnungen studiert und dabei Schnelleisens Aufforderung, doch endlich mit der Untersuchung des Toten zu beginnen, einfach ignoriert hatte. Schließlich gab der Doktor den Hefter Jasmin zurück und verkündete bedeutungsschwanger: »Das ist eine Bombe!«

Jasmin und Schnelleisen sahen den Arzt gleichermaßen verwundert an. »Hat dieser Dorian etwa mit Sprengstoff experimentiert?«, fragte Schnelleisen. »Ein Terrorist?«

Dr. Todt verzog das Gesicht. »Nein, viel besser. Dieses junge, aber wohl leider auch kriminelle Genie wollte die fünfhundert Jahre alte Brautradition dazu verwenden, Drogen herzustellen. Und ich rede hier nicht von Alkohol als Droge.«

»Ich kann nicht ganz folgen«, sagte Jasmin, woraufhin Dr. Todt ausholte:

»Dorians Protokollen zufolge kann man Hefezellen nicht nur als Basis für den Brauprozess benutzen, sondern ihnen auch andere Aufgaben geben. Das Prinzip bleibt dabei das gleiche: Es geht darum, dass die Hefe bei der Umwandlung von Zucker behilflich ist. In der Brauerei steht am Ende dieses Vorgangs das Bier, in Dorians Versuchslabor dagegen kamen Opiate dabei heraus.«

Jasmin machte große Augen. »Rauschgift aus Bierhefe – wie soll das funktionieren?«

Nicht ohne Anerkennung für den Forschungseifer des Verstorbenen erklärte Dr. Todt: »Dorian hat seine Hefekulturen dazu bringen können, alle notwendigen Syntheseschritte dafür zu vollziehen. Die einzelnen chemisch-biologischen Schritte hat Dorian allesamt im Heimlabor überprüft. Laut seinen Unterlagen sind sie funktionsfähig! Er hatte bisher nur noch niemanden gefunden, der ihm die Umsetzung des Gesamtprozesses ermöglicht.«

»Das klingt recht abenteuerlich«, meinte Jasmin, doch Dr. Todt ließ sich nicht beirren.

»Abenteuerlich? Ja, genau das ist es! Wenn ich Dorians Prinzip richtig deute, braucht man künftig nicht mehr auf die Ernten afghanischer Bauern zurückzugreifen, sondern bloß einen Bierbraukessel auf irgendeinem Nürnberger

Hinterhof umzufunktionieren, um mit kleinem Aufwand große Mengen herzustellen. In der Tat ein sehr gewagtes Abenteuer, denn bei Drogen hört bekanntlich der Spaß auf.«

Nun verstand auch Schnelleisen die Brisanz von Todts Worten: »Wenn das Zeug auf den Markt kommt, bringt es Kartelle zum Einsturz, macht die Mohnbauern arbeitslos und überschüttet die Szene mit billigem Stoff. Auch für das Brauereigewerbe wäre es eine Katastrophe.«

Das mochte schon sein, falls Dorians Verfahren tatsächlich praxistauglich sein sollte, dachte Jasmin. Doch hier und jetzt waren weder Mafiabosse noch Dealer oder Bauern anwesend – sondern in der überwiegenden Zahl Braumeister.

Sie wandte sich von Todt und Schnelleisen ab und ging auf eine kleine Gruppe Männer zu, die sich am Rand der versammelten Partygesellschaft aufhielt. Die Männer waren um die fünfzig, wirkten sehr vertraut miteinander und strahlten den Eindruck tatkräftiger Entschlossenheit aus. Auch sie hatten am Abend dem Alkohol zugesprochen, das sah man an ihren geröteten Wangen. Gleichwohl waren sie hellwach und beobachteten mit Argusaugen jeden Schritt, den Jasmin auf sie zuging.

»Sie sind Braumeister, ja?«, sprach die Oberkommissarin die Männerrunde an. »Überzeugte Vertreter Ihrer Zunft, habe ich recht?«

Die Männer sahen sie unverwandt an, ohne zu einer Antwort anzusetzen. Keiner zuckte auch nur mit der Wimper.

Jasmin baute sich vor ihnen auf und wedelte mit Dorians Unterlagen vor ihren Nasen. »Dieser junge Emporkömmling wollte Ihr ehrenwertes Gewerbe für die Produktion von Drogen missbrauchen. So einen Frevel konnten Sie ihm nicht durchgehen lassen, oder?«

Keiner der Männer zeigte eine Regung. Auf Jasmins Anspielungen reagierten sie mit eisigem Schweigen.

»Haben Sie dem arroganten Schnösel den Kopf gewaschen?«, provozierte Jasmin. »Haben Sie ihm klargemacht, dass Sie Ihr heiliges Reinheitsgebot nicht von jedem dahergelaufenen Hochschulabsolventen mit Füßen treten lassen? Kam es zum Streit? Einen Streit, der im Eifer des Gefechts mit dem Messer ausgetragen wurde?«

Noch immer blieben die Männer ungerührt. Mit verschränkten Armen standen sie da und ließen jeden der Vorwürfe Jasmins von sich abprallen.

Jasmin drehte sich um, streckte den Arm aus und zeigte auf den am Boden liegenden Toten: »Sehen Sie hin! Schauen Sie sich an, was Sie angerichtet haben! Ein junges Leben – von einer Minute auf die andere einfach ausgelöscht.« Sollte ihre Rede die Braumeister beeindruckt haben, so zeigten sie es nicht. Es käme ein hartes Stück Arbeit auf sie zu, wenn sie sie zum Reden bringen wollte, dachte sich Jasmin. Wahrscheinlich würde sie die Herren allesamt mit ins Präsidium nehmen und einzeln vernehmen müssen. Und selbst dann wäre ein schneller Erfolg fraglich, denn hier handelte es sich offensichtlich um Kandidaten, an denen sich sogar erfahrene Verhörexperten die Zähne ausbissen.

Jasmin entwickelte in ihrem Kopf gerade ein Drohszenario, mit dem sie die hartgesottenen Braumeister einschüchtern wollte, da trat einer von ihnen vor. Seine Mimik blieb ohne jede Emotion, als er sagte: »Eine böse Geschichte. Sehr tragisch. Das finden wir alle. Aber wer das getan haben könnte?« Der kräftig gebaute Mann mit Vollbart zuckte die Schulter. »Man weiß es nicht – aber vielleicht ist es ja ein kleiner Trost zu wissen: Bei ihm waren ohnehin Hopfen und Malz verloren.«

Die anderen nickten stumm.

Wrong Number

Rabiat und gnadenlos gingen sie vor, ganz wie es ihre Art war: Mit brachialer Gewalt brachen die Makowsky-Brüder die Haustür auf und durchkämmten jedes Zimmer. Erwin Makowsky mit abgesägter Schrotflinte im Anschlag, Bruno Makowsky die Machete schwingend. Das Erdgeschoss fanden sie menschenleer vor, verwüsteten verärgert darüber eine Standvitrine mit einer Porzellansammlung und eine hüfthohe Skulptur. Im ersten Stock das gleiche Bild: alle Zimmer leer. Nur die letzte Tür im Flur war verschlossen. Mit dumpfem Schlag flog sie aus den Scharnieren, als Bruno seine Stiefel dagegenkrachen ließ. Auf dem Boden kauerte ein Paar, Mann und Frau, beide um die Dreißig. Sie hatten die Arme umeinander geschlungen, zitterten vor Angst.

»Das kommt davon, wenn man sich Geld leiht und nicht zurückzahlt«, dröhnte Erwin.

»Unser Boss sagt, dafür gibt's kein Pardon«, raunzte Bruno.

Der Mann wimmerte, die Frau schluchzte.

»Welches G... Geld?«, stammelte sie. »Verstehst du das?«

Erwin lachte höhnisch. »Welches Geld, fragt die Tussi! Lass uns ihr Gedächtnis auffrischen.« Er hob den Lauf der Flinte, schoss dem Mann in den Bauch. Bruno holte aus, spaltete der Frau den Kopf.

Draußen vor dem Haus sah Bruno sich noch mal um. »Das hier ist die Nummer vier.«

»Ja, und?«

»Hat der Boss nicht gesagt, die Typen wohnen in Hausnummer fünf?«

»Fuck.«

Tödlicher Segen

Paul Flemming merkte seiner Frau sofort an, dass etwas nicht stimmte. So wie sie ihn ansah, leicht schräg von der Seite, die blonden Haare wie einen Schutzwall ins Gesicht hängen lassend – ganz klar: Sie hielt mit irgendetwas hinterm Berg.

»Was ist los, Kati?«, sprach er sie an und legte den Karton mit Weihnachtsdekoration beiseite, mit der er ihre Wohnung auf die bevorstehende Adventszeit vorbereiten wollte. »Rück raus damit: Was hast du auf dem Herzen?«

Katinka druckste eine Weile herum, bevor sie den blechernen Elch, der für die Terrasse bestimmt war, auf den Boden stellte und zu plaudern begann: »Eigentlich widerstrebt es mir, dich in deinen detektivischen Ambitionen zu bestärken. Ich finde es viel zu gefährlich, wenn du Aufgaben übernimmst, die man den Profis der Branche überlassen sollte. Schließlich bist du Fotograf und kein Ermittler.«

»Du sagtest ›eigentlich‹ – uneigentlich etwa nicht?«, fragte Paul und war überaus gespannt darauf, was seine Frau, die Oberstaatsanwältin, ihm mitzuteilen versuchte.

»Ich muss wohl eine Ausnahme machen. Denn ich habe Dr. Drechsler leichtfertigerweise versprochen, dass du ihm den Gefallen tun wirst.«

»Welchen Gefallen?«

Katinka Blohm berichtete, dass der angesehene Anwalt und Notar Konrad Drechsler noch vor den Feiertagen eine Erbangelegenheit regeln müsste: Der kürzlich verstorbene Nürnberger Immobilienhändler Erhard Engelbrecht habe seiner in den USA lebenden Nichte Tina ein beträchtliches

Vermögen hinterlassen. Seine drei Kinder dagegen, mit denen er sich schon vor Jahrzehnten überworfen hatte, müssten sich mit ihrem gesetzlichen Pflichtteil begnügen.

»Ein Geldsegen zu Weihnachten? Wie schön für die Nichte!«, fand Paul.

»Ja«, bestätigte Katinka. »Allerdings ein Segen, der tödliche Auswirkungen haben könnte. Das zumindest befürchtet Dr. Drechsler.«

Katinka erläuterte, dass das Testament nur so lange wirksam sei, wie die Nichte lebe. Käme sie vor Antritt ihres Erbes um, so fiele ihr Teil am Vermögen an die direkten Nachkommen des Immobilienmoguls.

»Kollege Drechsler, der mit den Engelbrechts seit vielen Jahren eng verbunden ist, traut zwar niemandem aus der Familie einen Mord zu, möchte aber auf Nummer sicher gehen«, führte sie aus.

Paul konnte ihren Worten folgen, erkannte aber seine Rolle nicht. »Was soll ich tun?«

»Nichts Besonderes. Eine Kleinigkeit«, meinte Katinka mit einem etwas verkniffenen Lächeln. »Drechsler lässt anfragen, ob du Tina vom Flughafen abholen und zur Testamentseröffnung in seine Kanzlei begleiten würdest.«

»Ich?« Paul hob verwundert die Brauen. »Schon vergessen? Ich bin – wie du soeben selbst festgestellt hast – Fotograf und kein Bodyguard.«

Seine Frau winkte ab. »Dr. Drechsler möchte keinen Staub aufwirbeln und die Angelegenheit so diskret wie möglich regeln. Deshalb greift er nicht auf die Dienste einer Detektei oder eines Security-Service zurück, sondern auf dich. Ich hatte ihm mal von deinem Talent als Spürnase erzählt, daher seine Anfrage.« Sie schnappte sich Pauls Hand und drückte sie. »Das ist ein Vertrauensbeweis, Paul. Ein Mann von Drechslers Format würde nicht jeden x-Beliebigen dafür nehmen.«

Paul hatte seine Zweifel. »Der wahre Grund liegt wohl darin, dass ein echter Detektiv zu teuer ist, oder? Was zahlt dein Dr. Drechsler denn für den Job?«

»Es ist ein Gefälligkeitsdienst für einen geschätzten Kollegen«, nahm ihm Katinka jede Illusion. »Du machst es umsonst.«

Paul war pünktlich, ja sogar überpünktlich. Nachdem er seinen Renault Kangoo in der Kurzhaltezone vor dem Terminal des Flughafens abgestellt hatte, ging er auf direktem Weg zum Informationsschalter. Dort – so lautete die schnörkellos formulierte Anweisung von Dr. Drechsler – sollte er auf seinen Fahrgast warten, was Paul auch tat.

Während er sich an eine Säule lehnte und die Ströme der Passagiere an sich vorbeiziehen ließ, behielt er die Fluganzeige im Blick. Die Zeit verstrich. Die Maschine der KLM, auf der Tina via Amsterdam anreisen sollte, war längst gelandet, als er allmählich ungeduldig wurde. Selbst wenn man eine gewisse Zeit am Kofferband einrechnete, hätte Tina mittlerweile am Treffpunkt sein müssen.

Paul stand sich die Beine in den Bauch. Als seine Verabredung eine halbe Stunde später noch immer nicht aufgetaucht war, machte er sich auf die Suche. Er hielt Ausschau nach einer jungen Dame, auf die Tinas Beschreibung zutreffen könnte, schritt jeden Winkel der Ankunftshalle ab, suchte auch in den Abflughallen, Zwischentrakten und auf dem Vorplatz bei den Taxiständen. Anschließend kehrte er zum Info-Counter zurück und erkundigte sich, ob in der Zwischenzeit nach ihm gefragt worden sei. Fehlanzeige.

Ziemlich ratlos stieg Paul weitere dreißig Minuten später

in seinen Wagen und fuhr zu Dr. Drechslers Kanzlei in der Innenstadt.

Der Anwalt, ein fülliger Endfünfziger mit aristokratischen Zügen, fiel aus allen Wolken. Auch die drei leiblichen Kinder des Verstorbenen, die sich zur Testamentseröffnung in der Kanzlei eingefunden hatten, reagierten überrascht, als Paul ohne die erwartete Begleitung in dem holzgetäfelten Konferenzraum aufschlug.

»Die arme Tina! Hoffentlich ist ihr nichts zugestoßen«, klagte die ältliche Bianca Engelbrecht in jammerndem Ton.

»Skandalös. Wie konnte das passieren?«, fragte der stramme Peter Engelbrecht und taxierte Paul scharf.

Sein snobistisch wirkender Bruder Michael schien dem Vorfall weniger Bedeutung zuzumessen, denn er behielt seine lässige Haltung bei, lehnte sich im breiten Ledersessel zurück und meinte mit jovialer Geste: »Unser Cousinchen wird schon auftauchen. Tina hat eben ihren eigenen Kopf. Vielleicht hat sie auf Konrads Chauffeurdienst gepfiffen und stattdessen die U-Bahn genommen. Ihr wisst doch, dass sie nichts von Extrawürsten hält.«

»Dann müsste sie trotzdem längst hier sein«, sagte der Anwalt mit zerfurchter Miene.

Während Paul sich mit Schuldgefühlen plagte und überlegte, wie er seinen Misserfolg Katinka gegenüber vertreten sollte, erschien eine aufgeregte Vorzimmerdame. Wild gestikulierend teilte sie der ratlosen Gesellschaft mit, dass sie ihre Unterredung unterbrechen müsse. Und zwar dringend:

»Ein Anruf für Sie, Herr Dr. Drechsler«, rief sie mit schriller Stimme. »Es geht um Fräulein Tina!«

Drechsler bedeutete ihr, das Gespräch auf seinen Apparat zu legen, und begab sich – mit der Erbengemeinschaft und Paul im Schlepptau – zu dem Monstrum eines Schreibtisches in seinem Büro. Die Telefonschnur spannte über seinem Bauch, als er das Telefonat entgegennahm und in kurzer Folge dreimal Ja! sagte, um anschließend eine Frage zu stellen. Doch er kam nicht dazu, diese zu formulieren, denn sein Gesprächspartner hatte offenbar schon aufgelegt.

Der Anwalt legte den Hörer zurück auf die Gabel und wirkte jetzt sehr blass. »Tina wurde ...« Er räusperte sich, da seine Stimme ihren Dienst versagte.

»Hier, trink einen Schluck, Konrad.« Bianca Engelbrecht war mit einem Glas Wasser zur Stelle.

»Danke«, sagte Dr. Drechsler und nahm einen neuen Anlauf, den Inhalt des Gesprächs wiederzugeben: »Wie es aussieht, ist Tina entführt worden.«

Ein Raunen füllte das Büro. Bianca stieß einen spitzen Schrei aus.

»Wie ist das möglich?«, fragte Paul mehr als überrascht. »Ich war pünktlich am Airport!«

»Offensichtlich hat sich am Flughafen jemand anderes als Paul Flemming ausgegeben und eure Cousine abgefangen, bevor sie den Treffpunkt erreichen konnte«, erläuterte Drechsler. »So oder ähnlich muss es gelaufen sein.«

»Entführt?«, fragte Peter aufgebracht. »Von wem und warum?«

»Wahrscheinlich ist jemand aufs Lösegeld scharf«, mutmaßte Michael noch immer relaxed. »Tina ist ja jetzt reich.«

»Noch nicht«, widersprach Dr. Drechsler. »Die eineinhalb Millionen Euro, die euer Vater Tina hinterlassen hat, stehen ihr erst zu, wenn das Testament vollstreckt wurde.« Mit brüchiger Stimme fügte er hinzu: »Aber du hast recht, Michael: Es wurde ein Lösegeld gefordert: zweihunderttausend Euro. Wenn ihr nicht bereit seid zu zahlen, wird eure Cousine sterben.«

Das war zu viel für das Nervenbündel Bianca. Sie verdrehte die Augen und fiel in Ohnmacht, direkt in die Arme von Paul, der schnell genug reagierte.

Nach einer halben Stunde, angefüllt mit hitzigen Diskussionen, waren sich die Anwesenden darüber einig, dass sie sich uneinig waren. So sehr sich Dr. Drechsler um einen Konsens bemühte, ließen sich die drei Engelbrecht-Nachkommen nicht zu einer gemeinsamen Haltung bringen.

»Die arme Tina kann einem leidtun. Aber wer sagt denn, dass sie wirklich wieder freikommt, wenn die Entführer das Geld haben?«, gab sich Peter skeptisch.

»Trotzdem müssen wir es wenigstens versuchen«, insistierte Bianca. »Obwohl ... zweihunderttausend Euro sind eine Menge Geld. Wer weiß, ob wir die jemals wiedersehen.«

»Unser Cousinchen ist ja bald reich«, warf Michael ein. »Es dürfte ihr nicht schwerfallen, unsere Auslagen später wiederzuerstatten.«

»Das stimmt«, sagte Dr. Drechsler. »Ihr geht keinerlei Risiko ein, denn die Erbmasse ist ja weitaus größer.«

»Der Haken an der Sache ist, dass ich gar nicht über so viel Bares verfüge, um es auslegen zu können. Ich bekomme nicht einmal den Bruchteil der geforderten Summe zusammen«, wandte Peter etwas verschämt ein und forschte in den Gesichtern seiner Geschwister: »Ihr etwa?«

Abermals meldete sich der Anwalt zu Wort: »Lasst das meine Sorge sein.« Er deutete auf einen schrankgroßen Safe, der in der Ecke seines Büros stand. »Ich verwahre Mandantengelder in ausreichender Höhe, die ich euch kurzfristig vorstrecken könnte.«

»Das können wir nicht annehmen«, lehnte Bianca ab. »Du hast ohnehin schon viel zu viel für unsere Familie getan, ohne dass es dir gedankt worden ist. Immer wieder opferst du dich für uns auf. Eigentlich hätte unser Vater dich zu seinem Haupterben machen müssen statt Tina.«

»Nicht doch« Dr. Drechsler senkte verlegen den Blick. »Mit den Honoraren, die euer Vater mir gezahlt hat, bin ich für meine Mühen gebührend entschädigt worden. Auch wenn Erhard nun tot ist, bleibe ich seiner Familie verpflichtet. Es wäre mir eine Ehre, euch das Geld vorstrecken zu dürfen.«

Während die drei Geschwister die Köpfe zusammensteckten und tuschelten, ergriff Paul das Wort: »Wie wäre es denn, wenn wir die Polizei einschalten, anstatt auf die Forderungen des Kidnappers einzugehen?«

Dr. Drechslers Wangen färbten sich rosa. »Auf keinen Fall!«, sagte er laut. »Der Anrufer hat ausdrücklich darauf hingewiesen: keine Polizei! Andernfalls bedeutet das das sichere Todesurteil für Tina.«

»Du meinst, der Entführer würde wirklich Ernst machen und ...« Michael strich sich mit der Handkante über den Hals und verdrehte die Augen.

»Michael! Wie geschmacklos!«, empörte sich Bianca.

»Geschmacklos, aber vermögend«, meinte Michael mit glänzenden Augen. »Denn wenn diese Verbrecher kurzen Prozess machen, fällt das Geld an uns. Vielleicht wäre es also gar keine schlechte Idee, die Polizei einzuschalten.«

»Michael!« Sein Bruder sah ihn rügend an. »Deinen Zynismus kannst du für dich behalten. Hier geht es immerhin um ein Menschenleben.«

»Richtig«, sagte Dr. Drechsler und schloss einen eindringlichen Appell an: »Ich rate noch einmal dringend dazu, dass ihr mir euer Einverständnis erteilt, das Lösegeld zu zahlen. Ich sehe keine andere Möglichkeit, wie wir Tina ansonsten schützen könnten.«

Obwohl wahrscheinlich weder Peter noch sein dandyhafter Bruder Michael oder die emotionale Schwester Bianca sonderlich viel für ihre im Ausland lebende Cousine übrighatten und sich gewiss fragten, warum ihr Vater einen Narren an dem Mädchen gefressen hatte, mochte keiner von ihnen den Tod der jungen Frau in Kauf nehmen. Paul spürte es: Sie standen dicht davor, dem Anwalt grünes Licht zu geben und auf den Deal mit dem Entführer einzugehen. Was hatten sie denn auch schon zu verlieren? Wenn alles gut ging, nichts. Denn Tina würde Dr. Drechslers Auslagen ersetzen können, sobald ihr das Engelbrecht'sche Vermögen überschrieben worden wäre. Und wenn es schiefging und Tina starb? Dann dürfte sich das Geschwistertrio über jeweils fünfhunderttausend Euro freuen, zuzüglich ihres Pflichtteils. Auch nicht schlecht.

Paul, der ein ganz mieses Gefühl bei dieser Geschichte hatte, wollte dem einvernehmlichen Ja zuvorkommen und fragte Dr. Drechsler offensiv: »Wer hat eigentlich davon gewusst, dass ich Tina vom Flughafen abholen sollte?«

»Wer ...« Der Anwalt machte große Augen. »Warum wollen Sie das wissen?«

»Jemand muss es dem Kidnapper gesagt haben, denn woher hätte er sonst wissen sollen, wo er Tina abfangen konnte?«

»Wir alle haben es gewusst«, sagte Michael ungerührt. »Dr. Drechsler hatte uns darüber informiert. Und wer weiß, wem unser Cousinchen alles davon erzählt hat. Ein Geheimnis war es jedenfalls nicht.«

Auf dieser Spur kam er nicht weiter, erkannte Paul und versuchte es anders: »Wie geht es jetzt weiter? Wie soll das mit der Lösegeldübergabe laufen?«

»Die Entführer werden wieder anrufen und sich erkundigen, ob wir zustimmen«, erläuterte Dr. Drechsler. »Anschließend wollen sie mir Ort und Zeit mitteilen, um den Austausch vorzunehmen.«

»Gut«, sagte Paul und sah den Anwalt fest an. Er folgte einer spontanen Idee, als er vorschlug: »Überlassen Sie das mir. Ich habe einige Erfahrung in solchen Dingen und kann damit umgehen, wenn es hart auf hart kommt.«

»Ihnen überlassen?« Schweißperlen bildeten sich auf Dr. Drechslers Stirn.

Paul witterte, dass er auf der richtigen Fährte war. Er wandte sich an die anderen und erklärte: »Immerhin hat man mich engagiert, um für den Schutz Ihrer Cousine zu sorgen. Genau das werde ich jetzt tun! Ich übernehme die Verhandlung mit dem Erpresser und tausche das Geld gegen die Geisel aus.«

Bianca, Michael und Peter beratschlagten sich kurz und nickten. »Vernünftiger Vorschlag«, fasste Peter ihre Meinungen zusammen.

»Aber nein! Nein, so geht das doch nicht.« Dr. Drechsler hatte sich längst von seinem Sessel erhoben und ging unruhig auf und ab. »Wir werden das Misstrauen dieser Verbrecher wecken, wenn sich plötzlich jemand anderes am Telefon meldet. Natürlich werden sie denken, dass wir doch die Polizei eingeschaltet haben.«

»Ich werde mich als Paul Flemming zu erkennen geben«, hielt Paul dem entgegen. »Die Kidnapper wissen ja von mir, daher wird es keine Probleme geben.«

Drechslers Stirn glitzerte vor Schweiß. Sein Gesicht war krebsrot. »Das dürfen Sie nicht!«, rief er aufgebracht. »Mit Ihrer Einmischung machen Sie alles nur schlimmer.«

»Meinen Sie?«, fragte Paul provokant und stürzte zum Telefon, kaum dass es zu läuten begonnen hatte.

»Hallo!«, meldete er sich. »Nein, nicht Dr. Drechsler. Sie

sprechen mit Paul Flemming. Aber ich bin im Bilde. Ob alles wie geplant läuft? Wie ist es denn geplant? Ach so, in einer halben Stunde. Wo? Ja, die Straße kenne ich. Tina geht es gut? Das höre ich gern. Wie es mit der Bezahlung aussieht? Sagen Sie es mir! Wie bitte? Vereinbart waren zweitausend? Nicht mehr? In Ordnung, das geht klar. Alles läuft wie abgesprochen. Machen Sie sich keine Sorgen.«

Paul legte auf und war sehr nachdenklich. In dem Büro herrschte eisiges Schweigen. Paul durchbrach es, indem er dem honorigen Anwalt und Notar Dr. Konrad Drechsler die Leviten las: »Sie haben ein paar arme Gauner angeheuert, damit sie sich Tina schnappen und für einige Stunden durch die Gegend kutschieren. Lumpige zweitausend wollten Sie sich das kosten lassen, um selbst zweihunderttausend zu kassieren. Wollten Sie sich damit eine Art Wiedergutmachung dafür bescheren, dass Sie von Ihrem alten Freund und Mandanten Engelbrecht undankbar behandelt worden sind?«

Dr. Drechsler sah ihn finster an. »Undankbar ist gar kein Ausdruck. Der alte Pfennigfuchser hat mir immer nur das Allernötigste bezahlt. Ich wollte mir nehmen, was mir zusteht.«

»Das bekommen Sie jetzt«, sagte Paul scharf. »Ein Weihnachtsfest im Knast – das ist es, was Ihnen zusteht.«

Agnes und der Engel

Katinka Blohm war geknickt. Dass ihre alte Schulfreundin Astrid Weber sie versetzt hatte, nahm sie ihr übel – aber es überraschte sie auch. Denn Astrid war sonst die Zuverlässigkeit in Person. Es war noch nie vorgekommen, dass sie eine Verabredung nicht eingehalten hatte.

Katinka hatte sich beeilt, war direkt aus ihrem Büro beim Oberlandesgericht in die U-Bahn gestiegen und in die Innenstadt gefahren. Pünktlich um halb acht saß sie in der *Skybar* des Admiral-Kinos, schlürfte ihren Cocktail und sah sich im bunt gemischten Publikum immer wieder nach ihrer Freundin um.

Inzwischen war es nach acht, und um halb neun würde das Programm beginnen. Ein »Frauenfilm«, wie es Katinkas Mann Paul Flemming despektierlich ausgedrückt hatte. Er zog es vor, seinen Abend mit Bier und Kartoffelchips daheim vorm Fernseher zu verbringen. Wahrscheinlich würde er sich irgendeinen alten Actionstreifen mit Sylvester Stallone, Arnold Schwarzenegger oder Chuck Norris reinziehen, wie er es so gern tat. Mit viel Geballer und wenig Handlung. Dagegen favorisierte Katinka die gepflegte Damenunterhaltung mit einem Quantum Anspruch.

Soweit ihr Plan, auf den sie sich sehr gefreut hatte. Doch daraus wurde heute wohl nichts, ärgerte sich Katinka über die unpünktliche Freundin. Zum wiederholten Male versuchte sie, Astrid auf ihrem Handy zu erreichen. Ohne Erfolg.

Was mochte ihr dazwischengekommen sein, fragte sich Katinka. Astrid war weder verheiratet, noch hatte sie Kinder, um die sie sich kümmern musste. Und ihre Eltern waren beide schon verstorben. Worin also konnte der Grund für die Verspätung liegen? Hatte es etwas mit ihrem Job zu tun?

Astrid war als wissenschaftliche Mitarbeiterin im Germanischen Nationalmuseum angestellt, genauer gesagt als Restauratorin. Von außen betrachtet eine trockene Angelegenheit: »Sich immer nur mit altbackener Kunst auseinanderzusetzen klingt nicht gerade spannend«, hatte Paul einmal dazu gesagt. Doch Katinka wusste es besser: Dank Astrids lebendiger Erzählungen ahnte sie, wie spannend die Aufgabe sein konnte, sich intensiv mit den Werken alter Meister zu beschäftigen. Beim Reinigen und Ausbessern antiker Gemälde – laut Astrid eine Sisyphusarbeit – stieß man mitunter auf Unerwartetes und entlockte jahrhundertealten Stücken noch so manches Geheimnis.

Vor Kurzem war Astrid sogar ein echter Coup gelungen: Sie hatte sich mit einer hölzernen Gemäldetafel befasst, auf der die Heilige Agnes abgebildet war. Das Exponat hatte ein Schattendasein in einer dunklen Ecke des Museums gefristet und war weder von den Besuchern noch vom Personal je besonders beachtet worden. Ein Wunder, dass es nicht längst zwischen den Asservaten in den Kellerkatakomben des GNM verschwunden war.

Als Astrid den Auftrag erhielt, das spätmittelalterliche Gemälde zu entstauben und auf eventuelle Schäden zu begutachten, hielt sie es zunächst für eine Routineaufgabe. Doch sowie sie sich die Tafel in den Werkstätten für Kunsttechnik und Konservierung vornahm, stieß sie auf eine echte Überraschung. Katinka erinnerte sich noch genau an die Begeisterung, mit der ihre Freundin über ihren Fund berichtet hatte: Astrid setzte die entrahmte Gemäldetafel mit der kühl blickenden Agnes auf ein Stativ und fertigte eine Röntgenaufnahme an. Das tat sie in erster Linie, weil sie damit Beschädigungen ausfindig machen wollte, die mit dem bloßen Auge nicht zu erkennen waren. Stattdessen aber stolperte sie über etwas anderes, etwas völlig Unerwartetes: Hinter dem Bildnis der Heiligen tauchte wie aus dem Nichts der Verkündigungsengel auf! Seine Flügelschwingen hielt er wie zum Schutz über Agnes' Schultern, den Kopf gesenkt, als würde er sich um die Heilige sorgen.

Astrid war von ihrem Fund wie elektrisiert und stellte weitere Untersuchungen an. Unter der UV-Lampe gab das Gemälde noch mehr Geheimnisse preis: Schattierungen, die zuvor nicht sichtbar gewesen waren, traten hervor, ebenso wie verborgene Gesichtszüge und Falten, die der zentralen Figur Leben einhauchten.

Mit einem Mal war aus einem jahrelang vernachlässigten Bild, um das sich nie jemand geschert hatte, eines der spektakulärsten Ausstellungsstücke des Museums geworden. So sah es zumindest Astrid und wollte die Direktion über ihre sensationelle Entdeckung unterrichten. Da Astrid allerdings – im Eifer des Gefechts – die Zeit aus den Augen verloren hatte, merkte sie zu spät, dass es Freitagabend war und die Verwaltung längst geschlossen hatte. Also verstaute sie die Heilige Agnes nebst unsichtbarem Engel im Lager der Werkstatt, ließ von einem Pförtner absperren und verabschiedete sich ins Wochenende.

Als Astrid am darauffolgenden Montag von einem Einbruch im Germanischen Nationalmuseum hörte, war sie wie vom Donner gerührt. Zu Hause ließ sie alles stehen und liegen, eilte ins Museum – und erfuhr, dass neben einigen anderen Artefakten aus den Werkstätten auch die Heilige Agnes zum Diebesgut gehörte. Dies war ein herber Schlag für Astrid, hatte sie doch gehofft, das Werk weiter ergründen zu können und ihm einen Ehrenplatz in den Ausstellungsräumen zu verschaffen. So aber blieb ihr nichts anderes übrig, als auf die Tüchtigkeit der Kriminalpolizei und eine baldige Rückkehr von Agnes zu hoffen.

Diese Hoffnung wurde genährt, als Astrid ein Tipp über die Identität des Diebes zugespielt wurde. Das war erst letzte Woche gewesen, und Astrid war ganz aufgeregt, als sie Katinka davon erzählte. Sie meinte, dass der Fall schon bald aufgeklärt sein könnte, wenn man der Spur folgen würde. Katinka riet ihr eindringlich dazu, diese Information an die Polizei weiterzugeben, aber keinesfalls selbst etwas zu unternehmen.

Nun, als sie allein vor ihrem Cocktail saß, fragte sich Katinka besorgt, ob Astrid auf ihren Rat gehört hatte. Ob sie die Kripo verständigt oder aber doch auf eigene Faust gehandelt hatte. Durchaus möglich, denn seit dem Verschwinden des Agnes-Bildes wurde Astrid vom schlechten Gewissen getrieben. Sie glaubte, dass alles ihre Schuld gewesen sei, weil sie das Meisterstück übers Wochenende in der Werkstatt zurückgelassen und damit zur leichten Beute gemacht hatte. Selbst wenn ihr weder die Ermittler noch die Museumsleitung Vorwürfe gemacht hatten, plagte sich Astrid immer wieder mit Selbstvorwürfen.

Mit jedem Blick auf die Uhr wuchs in Katinka die Sorge, dass ihrer Freundin etwas zugestoßen sein könnte. Hatte Astrid sich auf etwas eingelassen, das ihr jetzt zum Verhängnis wurde? Nach ihren einschlägigen Erfahrungen als Oberstaatsanwältin war Katinka kein Szenario zu abwegig, um nicht möglich sein zu können. Sie wusste: Es gab nichts, was es nicht gab.

Astrid könnte sich etwa auf einen Deal mit dem Einbrecher eingelassen haben, um die Heilige Agnes zurückzubekommen: Astrids private Ersparnisse im Tausch gegen die Gemäldetafel. Vielleicht war sie dabei in eine Falle getappt. Eine Falle, aus der sie ohne Hilfe nicht mehr herauskommen würde! Denn so viel stand fest: Wenn sich die zierliche Wissenschaftlerin mit professionellen Dieben anlegen würde, stünden ihre Chancen sehr schlecht. Katinka wurde ganz blass bei diesen Gedanken.

Abrupt wurde sie ins Hier und Jetzt zurückgerissen: »Tut mir leid, Kati, dass ich so spät komme«, rief Astrid, als sie abgehetzt wirkend in der *Skybar* erschien. »Ich musste noch ins Präsidium, um meine Agnes zu identifizieren. Die Polizei hat den Räuber geschnappt, und das Bild ist wieder da. Ist das nicht toll?«

Katinka ließ ihr leeres Cocktailglas sinken – gleichzeitig fiel ihr ein zentnerschwerer Stein vom Herzen. »Ja, das ist toll«, sagte sie mit trockener Kehle. »Wie ist es denn dazu gekommen? Ich meine: Was hat die Polizei auf die Spur des Täters geführt? Hattest du den Tipp an die Ermittler weitergegeben?«

»Na klar! Gleich nachdem wir darüber gesprochen hatten.«

»Und wer ist es gewesen?«

Ein wissendes Lächeln umspielte Astrids Mundwinkel. »Es lag ja nahe, dass ein Insider im Spiel sein musste«, holte sie aus. »Jemand, der wusste, wie wertvoll das Bild ist, und der genau im richtigen Moment zuschlagen konnte. Mir wurde zugetragen, dass es eventuell der Pförtner selbst getan haben könnte. Derjenige, den ich gebeten hatte, die Werkstatt abzuschließen. Ein Kollege war misstrauisch geworden, weil sich der Mann so seltsam verhielt, und gab mir den Hinweis, worauf ich auf deinen Rat hin die Polizei verständigte. Jedenfalls nahm die Kripo ihn in die Mangel, erfuhr von seinen privaten Schulden und hatte damit ein Motiv. Inzwischen ist der Mann geständig. Er kann einem fast ein wenig leidtun, denn nun ist er nicht nur das gestohlene Bild los, sondern auch seinen Job. Ganz abgesehen davon, dass er vor Gericht gestellt werden wird.« Für Astrid war die Angelegenheit damit erledigt. Sie strahlte Katinka an und erkundigte sich: »Was ist das eigentlich für ein Film, den du heute für uns ausgesucht hast?«

»Ein Liebesdrama«, sagte Katinka. »Der Film heißt *Agnes*.«

Apfel, Zimt und Todeshauch

»Das hätte ich mir denken können, dass ich dich hier treffe.«

»Ist ja auch ein angenehmes Plätzchen um diese Jahreszeit. Wenn's kalt wird und dunkel, gibt es keinen besseren Ort als die Glühweinbude auf dem Weihnachtsmarkt.« Jonas hob seine dunkelblau glasierte Tasse und orderte Nachschub: »Bitte noch einen mit Schuss. Und einen zweiten für die Lady!«

»Danke, den kann ich gebrauchen«, sagte Svenja, deren strohblondes Haar fast vollständig von zwei fransigen Ohrenschützern verborgen wurde. Ihre Wangen leuchteten so rot, dass sich Jonas fragte, ob das bloß an den schneidenden Temperaturen lag oder ob es noch andere Gründe gab.

Die gab es. Denn kaum hielt Svenja ihre Tasse in den Händen, um sich daran zu wärmen, sprudelten die Neuigkeiten aus ihr heraus: »Wir brauchen dich, Jonas! Es ist etwas geschehen, und nur du kannst uns helfen!«

»Hmm, *wir*, nicht *du*?«, fragte Jonas etwas enttäuscht nach.

»Nein, nicht ich, es geht um die Firma.«

»Ich bin raus, Svenja«, gab Jonas lakonisch von sich. »Du als meine Nachfolgerin solltest das eigentlich am besten wissen.«

Ihre Wangen glühten noch stärker, als sie an ihn appellierte: »Bitte hilf uns! Nur so lange, bis wir das Problem gelöst haben.«

Jonas zuckte mit den Achseln. »Selbst wenn ich wollte, ich kann nicht. Morgen früh startet mein Flieger in die Dominikanische Republik. Du weißt ja, dass ich es Weihnachten nicht zu Hause aushalte.«

»Ach, etwa immer noch wegen dieser Sache mit deiner Monika und diesem Nikolaus, die damals ausgerechnet in der Adventszeit geschah?«, fragte Svenja. Leider ja, dachte Jonas. Genau ein Jahr war es her, dass er für seine damalige Freundin einen als Nikolaus verkleideten Studenten angeheuert hatte. Während Jonas mit seiner Moni festlich speisen wollte, sollte der junge Bursche als Überraschungsgast auftauchen und in Jonas' Auftrag einen Verlobungsring abliefern. Dummerweise dauerte es an diesem Tag bei der Arbeit länger, sodass Jonas verspätet zum Treffen kam – ganz im Gegensatz zu dem überpünktlichen Studenten, an dem Monika spontan Gefallen gefunden hatte. Seitdem war Jonas wieder solo und wollte es unter allen Umständen vermeiden, daheim in ein weihnachtliches Stimmungsloch zu fallen.

Da Svenja aber wirklich verzweifelt wirkte, ließ sich Jonas erweichen und fragte: »Was habt ihr denn für ein Problem, mit dem ihr allein nicht fertigwerdet? Die Produktion für dieses Jahr ist doch so gut wie gelaufen.«

»Es hat nichts mit der Fertigung zu tun«, sagte Svenja. »Jedenfalls nicht direkt. Es dreht sich um Palm.«

»Um den Chef?« Jonas zog die Brauen hoch. Was mochte dahinterstecken? Sollte unerwartet der Absatz eingebrochen sein und er Tipps eines alten Hasen wie Jonas benötigen? Oder waren gesundheitliche Probleme im Spiel, sodass er den Allrounder Jonas als Lückenbüßer brauchte, bis er wieder fit war? Immerhin ging Palm stramm auf die fünfzig zu – ein infarktgefährdetes Alter.

Svenja senkte betrübt den Blick.

»Er ist verschwunden.«

»Wie ›verschwunden‹?«

»So wie ich es sage: Jakob Palm ist wie vom Erdboden verschluckt. Er ist seit zwei Tagen weder bei seiner Familie aufgetaucht, noch hat er sich im Büro blicken lassen.«

»Ihr geht von einer Entführung aus?«, spekulierte Jonas, der Svenjas Nervosität zu deuten versuchte. »Wenn das so ist, müsst ihr die Polizei einschalten und nicht euren ehemaligen Marketingleiter.«

»Das können wir nicht. Noch nicht. Man hält es für besser, zunächst einen Insider hinzuzuziehen.«

»Weshalb? Und wer ist ›man‹?«

»Palms Frau ist strikt dagegen, zur Polizei zu gehen.«

»Okay, aber wenn Frau Palm so viel daran liegt, dass ich mich darum kümmere, wieso hat sie dich vorgeschickt?«

»Hast du schon vergessen, wie wichtig ihr die Hierarchien sind? Selbst zum Telefon zu greifen wäre unter ihrem Niveau.« Sie sah ihn betreten an. »Außerdem gibt es einen guten Grund dafür, warum sie die Öffentlichkeit scheut: Auf der Suche nach dem Verbleib ihres Mannes ist sie auf einen Haufen hübsch verpackter Geschenke gestoßen, die er im Büro aufbewahrt hatte.«

»Das ist kurz vor Weihnachten nichts Ungewöhnliches«, meinte Jonas.

»Sicherlich die Präsente für Frau und Kinder.«

Svenja schüttelte verschämt den Kopf. »Evelyn Palm hat die Pakete geöffnet. Sie enthielten Korsagen, Mieder, Strapse und Bustiers. Reizwäsche, so rot wie der Mantel des Weihnachtsmanns.«

»Dann hat sich Frau Palm mit ihrer Neugierde selbst um die Überraschung gebracht.«

»Von wegen! Die Überraschung war perfekt, die Wäsche hatte die falsche Größe.«

»Oh. Er ist also mit einer anderen durchgebrannt«, schlussfolgerte Jonas und stutzte im selben Moment. »Aber warum hat er die Geschenke nicht mitgenommen? Das ergibt keinen Sinn.«

»Genau«, pflichtete Svenja ihm bei. »Und leider ist das nicht alles.«

»Schlimmer kann es kaum kommen, oder?«

»Doch«, sagte Svenja mit dem traurigen Blick eines geschlagenen Hundes. »Er hat die Rezeptur bei sich.«

»Die Rezeptur?« Nun verstand Jonas ihre Verzweiflung. Denn bei besagtem Rezept handelte es sich um nichts Geringeres als um das Herzstück der Firma: das Geheimnis des Erfolges der berühmten Palm'schen Lebkuchenmanufaktur. Die Gründer der Lebküchnerei hatten ihr Erzeugnis dank einer besonderen Gewürzmischung mit einem unverwechselbaren Wohlgeschmack ausgestattet. Die Zusammensetzung galt als streng vertraulich. Das Geheimnis wurde von Generation zu Generation nur dem jeweiligen Familienoberhaupt anvertraut. Der Familienkodex besagte, dass es keinerlei Abschriften geben durfte, auch keine Kopien. Ohne die geheime Rezeptur konnten in der Firma zwar weiterhin Lebkuchen gebacken werden, diese büßten aber ihre Einzigartigkeit ein. Denn die Tradition verlangte es, dass der Chef persönlich die Gewürzmischung vorbereitete und dem Lebzeltermeister zur Verfügung stellte. Ohne die besondere Gewürznote könnte die Firma Palm künftig bloß Durchschnittsware liefern – und wäre wohl bald weg vom Fenster.

Jonas fasste sich an die Stirn. »Eines Tages musste es ja so kommen! Dieser restriktive Umgang mit dem Geheimrezept passt einfach nicht mehr in unsere Zeit.«

Svenja zuckte mit den Achseln. »Das gehört eben zur Familientradition, an der sich niemand zu rütteln traut.«

Eigentlich konnte es Jonas herzlich egal sein, wenn die Palm'sche Lebkuchenmanufaktur den Bach runterging. Denn das feine Familienunternehmen hatte ihn vor einem Jahr Knall auf Fall vor die Tür gesetzt, weil Jakob Palm eine Modernisierung seines Vertriebs und der Werbung anstrebte und ihm Jonas' Arbeitsweise nicht mehr passte. Sein Slogan »Bei uns wird handwerkliche Herstellung nach traditioneller Rezeptur mit zertifizierten Zutaten zu einem Premiumsortiment verbunden« war nicht mehr hip genug. Ein Jüngerer sollte her, jemand, der die sozialen Netzwerke bespielte und selbst neuzeitliche Schreckgespenster wie das virale Marketing nicht scheute. Anstelle von Jonas wurde Svenja frisch von der Uni importiert. Jonas durfte sie noch anlernen, dann musste er seinen Hut nehmen. Trotzdem hegte er keinen Groll gegen die junge Frau. Sie konnte ja nichts dafür, dass er gefeuert worden war. Außerdem fand er sie sympathisch – und ziemlich attraktiv noch dazu.

»Frau Palm traut derzeit fast keinem über den Weg. Nur auf dich hält sie nach wie vor große Stücke. Sie war damals gegen deine Entlassung, wie du weißt.« Svenja bedachte ihn mit einem Augenaufschlag, der Herzen hätte erweichen können. »Du hilfst uns also?«

»Was kann ich tun?«, fragte Jonas nach einem großen Schluck aus seinem Glühweinbecher.

»Wir müssen herausfinden, wo sich Jakob Palm aufhält. Ob er seine Familie und die Firma wirklich im Stich gelassen hat oder wir es mit einem Verbrechen zu tun haben. Vielleicht läuft das Ganze tatsächlich auf eine Erpressung hinaus.«

Durchgebrannt oder entführt? Jonas hielt beide Varianten für möglich. Wenn es sich um Kidnapping handeln sollte, müssten sich die Täter einen handfesten Profit erhoffen. Jonas überschlug, wie hoch die Summe des Lösegeldes wohl ausfallen würde. Er rief sich sein Wissen über die Lebkuchenproduktion ins Gedächtnis: Der Beruf des Lebküchners war erstmals für das Jahr 1395 belegt, das älteste überlieferte Rezept stammte aus dem 16. Jahrhundert. Die Massenproduktion begann 1840 mit der Einführung der Dampfmaschine. Die Palm'sche Lebkuchenmanufaktur gehörte zu den ersten Produzenten, die gleich richtig eingestiegen waren, und erwirtschaftete heute einen kleinen, aber feinen Teil der bundesweit 2,3 Milliarden Euro Jahresumsatz. In der Hochsaison liefen bei Palm Stunde für Stunde Zigtausend Oblatenlebkuchen über die Bänder, dazu Hunderte Kilo brauner Lebkuchen und Gebäcke.

Es ging also um viel Geld.

»Ist schon eine Forderung eingegangen?«, erkundigte er sich. »Dann könnte man wenigstens sicher sein, dass wir es mit Entführern zu tun haben.«

»Frau Palm sagt Nein«, meinte Svenja. »Aber ich bin nicht sicher, ob man ihr glauben kann. Sie ist ziemlich sauer auf ihren Mann und will ihn womöglich eine Weile schmoren lassen.«

»Es gilt also, eine Reihe von Faktoren zu bedenken«, fasste Jonas zusammen. »Da ist der verschwundene Firmenchef Jakob Palm, der wahrscheinlich eine Affäre hatte. Punkt zwei ist die ebenfalls abhandengekommene Geheimrezeptur. Und nicht zuletzt haben wir die unberechenbare Frau Palm, hin- und hergerissen zwischen Eifersucht und Sorge um ihren Mann. Unsere Aufgabe besteht darin, diese drei Aspekte unter einen Hut zu bringen.«

»Treffende Bestandsaufnahme«, meinte Svenja. »Aber wo setzen wir an?«

»Am Ort des Geschehens!«, bestimmte Jonas und schob seine Tasse beiseite. »Wir schauen uns um und sperren die Ohren auf.«

»Du willst in die Lebkuchenfabrik? Noch heute Abend?«

Svenja stemmte verdutzt die Arme in die Hüften.

»Wann denn sonst? Du weißt doch, dass morgen mein Flugzeug in die Karibik abhebt. Das würde ich ungern ohne mich starten lassen. Uns bleibt daher nicht allzu viel Zeit. Außerdem sind wir ja mitten in der Hochsaison. Wir werden also trotz der späten Stunde genügend Gesprächspartner antreffen, die uns vielleicht Hinweise geben können.«

Jonas war es von den vielen Berufsjahren ja schon gewohnt: Sie mussten Uhren, Ringe und sonstigen Schmuck ablegen, Haarnetze überziehen und in weiße Mäntel schlüpfen. Danach galt es, die Hände zu desinfizieren, denn Hygiene war Regel Nummer 1 in der Fabrikation.

Sie passierten ein Förderband, auf dem wohlduftende Lebkuchen dicht an dicht an ihnen vorbeizogen. Dahinter standen die silbern glänzenden Silos mit den Ingredienzien. Noch weiter hinten glühten die geöffneten Klappen der Öfen wie die Mäuler von Drachen.

Jonas, im Haus noch überall bekannt, sprach als Erstes mit einer der Laborantinnen, die für die Analyse der Lebensmittel zuständig war. Mehl, Ölsaaten, Puderzucker und die Schokolade für den Überzug nahm sie unter die Lupe und kontrollierte auch, ob die Sultaninen ohne Stiel waren und die Mandeln den gewünschten Feuchtigkeitsgehalt aufwiesen.

Bevor Jonas seine erste Frage formulieren konnte, musste er sich die Stirn abtupfen, denn in der Fabrikationshalle herrschten tropische 35 Grad Raumtemperatur. »Hallo,

Corinna«, sagte er freundlich. »Hast du schon gehört? Palm ist weg. Niemand weiß wo.«

Die Lebensmittelchemikerin, eine dralle Brünette um die vierzig, sah ihn gleichgültig an. »Urlaub?«, fragte sie.

Jonas kannte Corinna gut und wusste, dass er auf ihre Diskretion zählen konnte. Daher sagte er ganz offen: »Nein. Womöglich hat ihn sich jemand geschnappt und will Bares sehen. Aber das ist nicht alles: Auch die Rezeptur ist nicht mehr auffindbar.«

Corinna machte große Augen. »Oh mein Gott!«

»Hast du irgendetwas Verdächtiges bemerkt in den letzten Tagen?«, fragte Jonas. »Ich meine, Palm hielt sich ja häufig in der Fabrik auf. Dir wäre sicher nicht entgangen, wenn etwas Ungewöhnliches vorgefallen wäre.«

»Nein, alles war wie immer«, sagte Corinna nach kurzem Nachdenken. »Mir ist nichts Besonderes an ihm aufgefallen.«

Jonas bedankte sich und nahm sich als Nächsten Maschinenführer Björn vor. Der 35-Jährige verbarg sein raspelkurzes Haar wie die anderen unter einer Haube. Sein Bartansatz beschränkte sich auf einen schmalen Streifen auf dem Kinn. Björn stand an einer der wichtigsten Maschinen in der Halle: dem Lebkuchenstreichautomat. Seine Arbeiterinnen legten in regelmäßigen Abständen Oblaten nach, damit der klebrige Teig nicht aufs nackte Fließband tropfte. Er selbst entfernte verunglückte Rohlinge, denn nur die gelungenen Palm-Lebkuchen verdienten die Weiterverarbeitung und Veredelung.

»Ja, ich bin schon informiert. Silvi, die Chefsekretärin, hat einiges aufgeschnappt«, rief Björn gegen das Lärmen der Maschinen an. »Verdammt blöde Situation für uns. Die Gewürzmischung, die Palm angerührt hat, reicht gerade noch für diese Charge. Danach ist Feierabend.«

Während Svenja bei Björn zurückblieb und ihm einschärfte, nur ja nichts nach außen dringen zu lassen, zog Jonas weiter. Wenn er schnell etwas erreichen wollte, musste er mit mehr Leuten sprechen, anstatt auf Geheimhaltung zu achten, wie Svenja es wohl gern gehabt hätte. Er ging zu den Öfen. Insgesamt gab es sechs Stück davon, ein jeder zwanzig Meter lang. Ehe die Lebkuchen die Strecke in einer knappen Viertelstunde bei 220 Grad Hitze hinter sich brachten, wurden sie mittels eines starken Gebläses mit Warmluft behandelt. Dadurch bildeten sie eine schützende Haut, damit sie beim Backen nicht zerliefen. Jonas traf Ofenführer Heiko dabei an, wie er konzentriert durch eine Art Bullauge ins Innere blickte. Er achtete darauf, dass sein Backwerk keine Risse bekam und nicht zu dunkel geriet, denn sonst müsste er zu seiner Schalttafel eilen und nachjustieren.

»Er ist mit seiner Geliebten durchgebrannt«, vermutete Heiko, kaum dass ihm Jonas die Neuigkeiten unterbreitet hatte. »Mittlerweile wissen die meisten, dass der Palm die Chefin hintergeht.« Heiko, ein stämmiger Kerl mit gesunder Gesichtsfarbe, fügte in verschwörerischem Ton hinzu: »Was die meisten aber nicht ahnen, ist, dass Palms Neue hier im Haus arbeitet.«

»Was? Palms Geliebte ist eine Kollegin?« Jonas wollte es kaum glauben.

Heiko, erschrocken über diese heftige Reaktion, hob beschwichtigend die Hände. »Nicht so laut!«, forderte er überflüssigerweise, denn das Rauschen der Gebläse und das Rattern der Förderbänder verhinderten, dass jemand lauschen konnte.

»Wer ist es?«, wollte Jonas wissen und nahm sich vor, die Frau unverzüglich aufzusuchen und zur Rede zu stellen.

»So genau weiß ich das nicht«, ruderte Heiko zurück. »Es ist bloß eine Vermutung.« Er schaute sich um und vergewisserte sich, dass sich wirklich niemand in der Nähe aufhielt, bevor er von einer Beobachtung berichtete: »Dass Palm abends oft länger arbeitet, ist ja bekannt. Wenn ich Spätschicht habe, sehe ich das Licht in seinem Büro.« Er zeigte nach oben, dorthin, wo zwei große Fenster die Fabrikationshalle vom Chefbüro trennten. »Seit einigen Monaten zieht er am Abend die Vorhänge zu, sodass man von der Halle aus nicht mehr bei ihm reingucken kann.«

»Daraus schließt du, dass er sich dort zum Schäferstündchen mit einer deiner Kolleginnen trifft?« Jonas fand das nicht überzeugend und fragte: »Warum geht er nicht in ein Hotel? Wäre doch viel romantischer.«

»Das hat wohl ganz praktische Gründe. Wenn seine Frau anruft, kann er ans Telefon gehen und ihr weismachen, dass er noch bei der Arbeit ist.«

»Ist das der Safe?«, fragte Jonas, nachdem Svenja ihn ins Allerheiligste geführt hatte: Jakob Palms Büro. Jonas hatte sich in seiner Funktion als Leiter des Marketings öfter in dem klassisch möblierten Chefzimmer aufgehalten, jedoch nie den hinter einem Ölgemälde verborgenen Wandtresor zu Gesicht bekommen.

»Ja, hier hat das Geheimrezept gelegen«, meinte Svenja bedrückt und legte ihre Hand auf den Hebel der Safetür.

Sie zog sie auf – das Fach war leer.

Ein wenig ärgerte es Jonas schon, dass man seiner Nachfolgerin die Freiheit gab, in Palms Büro zu schalten und zu walten, wie sie es für richtig hielt. Ihm hätte man dieses Privileg niemals zugestanden. Offenbar verfügte Svenja über einen besseren Draht zum Chef.

»Er ist nicht geknackt worden«, stellte er fest, »sonst wäre die Tür oder der Schließmechanismus beschädigt.«

»Korrekt. Und da nur Jakob Palm über den Zahlencode verfügt, muss er ihn selbst geöffnet und das Rezept herausgenommen haben.« Nachdenklich fügte sie hinzu: »Fragt sich, ob er dies freiwillig getan hat oder dazu gezwungen wurde.«

Freiwillig oder gezwungenermaßen? Das fragte sich auch Jonas, und noch viel mehr interessierte es ihn, ob Jakob Palms Flamme etwas mit dem Verschwinden des Rezepts zu tun haben könnte. Denn sofern Ofenführer Heiko recht hatte und sich Palm mit seiner Geliebten bevorzugt im Büro amüsierte, hatte die schöne Unbekannte womöglich die Gunst der Stunde genutzt. Sie spähte Palm dabei aus, wie er den Code eingab, und stibitzte die geheime Rezeptur in einem unbeobachteten Moment. Sie entschwand mit dem wertvollen Familienerbe, woraufhin auch Palm untertauchte, weil er die Schmach nicht ertrug, dass er es nicht hatte schützen können.

Eine nette Theorie, fand Jonas, behielt seine Überlegungen aber vorerst für sich. Stattdessen erkundigte er sich: »Wie lange gedenkt Frau Palm, die Sache unter der Decke zu halten? Wenn ihr Mann nicht wieder auftaucht, muss sie früher oder später die Polizei einschalten.«

»Frau Palm hatte gehofft, dass du eine Idee hast.« Svenja zog seufzend die Schultern nach oben. Dann ließ sie sich ermattet auf ein Sofa fallen, das die Besucherecke des Büros dominierte. Mit ihren langen blonden Haaren, dem makellosen Gesicht und ihren Traummaßen macht sie eine gute Figur, dachte Jonas.

Mit Blick auf die Uhr und in der Hoffnung, vor seinem Aufbruch in den Urlaub wenigstens ein paar Stunden Schlaf zu bekommen, drückte Jonas aufs Tempo. »Wir werden Jakob Palm heute Nacht kaum aufstöbern können«, ging er den Fall pragmatisch an. »Daher sollten wir wenigstens versuchen, den Schaden so gering wie möglich zu halten. Wir könnten die Devise ausgeben, dass die Manufaktur auch ohne das Rezept in ihrem Fortbestand gesichert ist. Die wesentlichen Ingredienzien der Lebkuchen sind uns ja geläufig.«

»Ein Rohteig aus Roggen- und Weizenmehl, Bienenhonig und zur Verfeinerung Mandeln, Nüsse, Kandisstücke und Sultaninen«, griff Svenja seinen Vorschlag auf, um ihn sogleich abzulehnen: »Aber selbst unser alter Lebzeltermeister Herr Kubiscek kennt nicht die Zusammensetzung der überlieferten Gewürzmischung, ohne die ein Palm-Lebkuchen nicht anders schmecken würde als jedes schnöde Supermarktprodukt.« Verzweifelt sah sie ihn an. »Ich fürchte, diese Geschichte endet für Frau Palm mit dem Gang zum Konkursverwalter, denn wer kauft noch Palm-Lebkuchen, wenn sie ihren unverwechselbaren Geschmack verloren haben?«

In der Werkhalle, in die sie durch die großen Fenster sehen konnten, erloschen die Lichter. Die Spätschicht hatte ihr Soll erfüllt; nun würde der Betrieb bis fünf Uhr in der Früh ruhen. Auch für sie war es an der Zeit zu gehen, fand Jonas. Doch bevor sie das Büro verließen, kam ihm eine spontane Idee: »Sind die Pakete eigentlich noch hier?«

»Pakete?« Svenja sah ihn fragend an.

»Die Präsentboxen mit den Dessous. Du sagtest doch, dass seine Frau sie im Büro gefunden hätte«, erläuterte Jonas.

Svenja nickte und öffnete die schmale Tür zur Garderobe. Darin stapelten sich einige hübsch verpackte Kartons, von denen zwei aufgerissen waren. Jonas griff hinein und angelte einen rüschenbesetzten BH aus der Box. Gleich darauf hielt er ein seidenzartes Negligé zwischen seinen Fingern und musterte es interessiert. Wie Svenja schon gesagt hatte: Die Reizwäsche, die Palm ausgesucht hatte, entsprach eindeutig nicht der rubensschen Figur seiner Gattin. Schon eher der einer sportlich Schlanken wie Svenja, dachte er und fragte seine Begleiterin nun ganz offen: »Kennst du eine Person im Betrieb, der diese Teile passen könnten?«

Svenja schlug etwas verlegen die Augen nieder. »Jedenfalls niemanden aus der Stammbelegschaft«, sagte sie. »Es könnte aber sein, dass eine der Leiharbeiterinnen ...« Jonas winkte ab. »Palm würde keine flüchtige Affäre mit einer Fremden eingehen. Viel zu riskant. Wenn er sich zu so etwas hinreißen ließ, dann nur mit einer Lady, die er gut kennt.«

Ein leiser Argwohn regte sich in ihm, als er über seine eigene Rolle in dieser Geschichte nachdachte. »Wie seid ihr eigentlich ausgerechnet auf mich gekommen? Ich meine, warum hat Frau Palm keinen Privatdetektiv angeheuert, der sich um diese Sache kümmern soll? Allemal besser als der gefeuerte Exleiter der Marketingabteilung.«

»Ein Detektiv kennt sich nicht aus in unserer Branche und in der Firma«, argumentierte Svenja. »Bis man einem Externen alles erklärt hätte, wäre viel zu viel Zeit vergangen. Außerdem ...« Svenja trat näher und schenkte ihm einen schmeichelnden Blick. »Außerdem habe ich dir ja vorhin schon gesagt: Die Chefin hält sehr viel von dir.«

»Ganz im Gegensatz zu ihrem Mann, der mich durch dich ersetzt hat«, antwortete Jonas eine Spur gereizt.

Svenja behielt ihr Lächeln bei. »Nimm es nicht persönlich. Es ist doch nur das Business.«

»Das hast du damals auch gesagt, als ich dir den Schlüssel zu meinem Büro übergeben musste.« Beim Stichwort »Büro« regte sich etwas in den hintersten Windungen seines Gehirns. Diesem Impuls folgend spielte er in Gedanken den heutigen Abend noch einmal durch: Svenjas unerwartetes Auftauchen am Glühweinstand, der Gang durch die Fabrik, dann der Wortwechsel in Palms Büro ... Jonas' Körper versteifte sich, als er plötzlich die Wahrheit zu erkennen glaubte.

Als er Palms Büro betreten hatte, war ihm ein Geruch aufgefallen, den er von seinen früheren Aufenthalten im Chefzimmer nicht kannte. Es handelte sich um einen leichten, frisch-sportiven Duft. Genauer gesagt um das Parfüm einer Frau. Nun, da ihm Svenja dicht gegenüberstand, stieg ihm wieder eben dieses Duftwasser in die Nase. Eine solche Übereinstimmung musste nicht zwangsläufig etwas bedeuten, denn als Marketingleiterin hielt sich Svenja hin und wieder hier auf. Dennoch stimmte es Jonas nachdenklich. Er fragte: »Ist die Idee, mich einzuschalten, nur auf Frau Palms Mist gewachsen oder warst du auch dafür?«

»Wie meinst du das?«, fragte Svenja zuckersüß und kam noch dichter heran. Sie ließ ihre Finger um sein Kinn streichen, als sie sagte: »Selbstverständlich war ich auch dafür. Du weißt doch, dass du mein großes Vorbild bist.«

»Bin ich das wirklich?«, fragte Jonas, wobei er ahnte, dass ihre plötzlichen Avancen nur gespielt waren. Sie wollte ihn täuschen – so, wie sie es wohl schon die ganze Zeit getan hatte!

»Ja«, bekräftigte Svenja mit betörendem Lächeln. »Von dir habe ich gelernt, dass man im Marketing nichts dem Zufall überlassen darf.«

Spätestens jetzt wusste Jonas, dass sie hinter alldem steckte. Doch zu spät: Mit einer einzigen schnellen Bewegung riss Svenja einen stabförmigen Apparat aus ihrer Handtasche. Ehe Jonas sich's versah, hielt sie ihm den Elektroschocker an den Hals und löste ihn aus. Es war, als träfe ihn ein Schlag mit einem Hammer. Jonas taumelte, fiel hin.

Dann wurde ihm schwarz vor Augen.

Als Jonas erwachte, lag er ausgestreckt auf einem der Förderbänder der Lebkuchenproduktion. Seine Hände und Füße waren mit Kabelbindern fixiert. Vor ihm gähnte der offene Schlund eines Ofens, den Svenja wieder auf Betriebstemperatur gebracht hatte.

»Ich habe Evelyn Palm gleich gesagt, dass es eine Schnapsidee ist, dich hinzuzuziehen. Aber sie ließ sich partout nicht davon abbringen«, keifte sie ihn an. Die sanftmütige Blondine hatte sich in eine Furie verwandelt. »Warum bist du nicht einen Tag früher in den Urlaub geflogen? Dann hätten wir uns diese Scherereien ersparen können.«

Was sie unter dem Begriff »Scherereien« verstand, machte sie deutlich, indem sie das Förderband in Betrieb nahm. Mit einem Ruck setzte es sich in Bewegung und transportierte Jonas geradewegs auf den glutheißen Ofen zu. Jonas versuchte, sich zur Seite abzurollen, doch die Kabelbinder waren mit den Lamellen des Bandes verbunden und hinderten ihn daran.

Er sah auf und starrte in die vor Hass funkelnden Augen seiner Peinigerin. »Mein Gott, Svenja! Mach das Förderband aus!« Jonas spürte, wie seine Knie zu zittern begannen, das Herz wummerte gegen seine Rippen.

Das Förderband bewegte sich nur langsam, denn den Lebkuchen sollte für den Backprozess reichlich Zeit gegeben werden. Dennoch rechnete sich Jonas aus, dass ihm höchstens drei Minuten blieben, bis zunächst seine Füße, dann sein Rumpf und schließlich sein Kopf von 220 Grad Hitze umschlossen sein würden. Ein qualvoller Tod, dem er nur entgehen würde, wenn er Svenja von ihrem teuflischen Vorhaben abbringen konnte. Also tat er das Einzige, was ihm übrig blieb: Er versuchte, an ihr Mitgefühl zu appellieren.

»Was hast du davon, mich zu töten?«

»Du standest ganz dicht davor, mir auf die Schliche zu kommen, und ich bin sicher: Du hättest mich trotz meiner schönen Augen ans Messer geliefert. Dem komme ich zuvor«, lautete die ebenso lapidare wie stichhaltige Antwort.

»Das wäre kaltblütiger Mord!«, wehrte sich Jonas. »Dafür kriegst du lebenslänglich.«

»Nein, denn ohne deine Aussage wird niemand erfahren, dass ich den Chef beseitigt habe.«

Damit war klar, dass Svenja Jakob Palm auf dem Gewissen hatte!

Der Firmenchef war weder entführt worden noch mit seiner Freundin durchgebrannt, sondern tot. Ermordet von Svenja. Aber weshalb? Während Jonas fest vertäut auf dem Transportband seinem unausweichlich erscheinenden Schicksal entgegenfuhr, machte er sich einen Reim auf das Ganze: Svenja war Jakob Palms Geliebte, so viel stand für ihn fest. Palm hatte ihr einen anständig vergüteten Job in seiner Manufaktur besorgt, sie mit Geschenken überhäuft, aber – und hier mochte der Schlüssel liegen – sie nicht in den ersten Stand erhoben. Palm hatte an der Ehe mit seiner Frau festgehalten.

»Hat es dir nicht mehr gereicht, seine heimliche Mätresse zu spielen?«, fragte Jonas provokativ. Er hatte keine andere Wahl, als das Gespräch am Laufen zu halten und auf ein Wunder zu hoffen, denn nur noch wenige Meter trennten ihn vom sicheren Tod.

Svenja kniff erbost die Augen zusammen: »Immer wieder hat er es mir versprochen. Er wollte sich trennen von der alten Krähe. Geschworen hat er es mir, hoch und heilig!«

»Aber in Wahrheit ist er nach euren Stelldicheins brav nach Hause gefahren und hat den treu sorgenden Ehemann gegeben – war es so?«

Svenja sah ihn zornig an. So, als wollte sie all ihre Wut auf Palm an Jonas auslassen.

»Ich begreife es trotzdem nicht! Du wusstest, dass ich morgen in die Karibik fliege und dir nicht gefährlich werden konnte. Zumindest nicht in den nächsten zwei Wochen. Warum hast du die paar Stunden bis dahin nicht einfach ausgesessen und mich außen vor gelassen?«

»Wenn ich ergebnislos zu Frau Palm zurückgekehrt wäre, dann wäre sie über ihren Schatten gesprungen und hätte doch noch die Polizei verständigt. Dieses Risiko konnte ich unmöglich eingehen.«

Ihm blieb vielleicht noch eine Minute. Höchstens! Unaufhaltsam bewegte sich das Band auf die Öffnung zu, in der es glutrot leuchtete. Schon spürte Jonas den feuchtwarmen Luftzug des Gebläses, der die Lebkuchen auf den nachfolgenden Backprozess vorbereiten sollte.

»Du hast dich von Palm gedemütigt und betrogen gefühlt, weil er immer wieder große Versprechungen gemacht, dich aber doch bloß als Gelegenheitsgeliebte gehalten hat. Ihr habt gestritten, und in deiner Rage hast du ihn getötet.« Indem Jonas ihr ein Geständnis abzuverlangen versuchte, wollte er sie zur Selbstreflexion und Besinnung bringen. »Du hast im Affekt gehandelt, Svenja. Jeder Richter wird dir mildernde Umstände zugestehen.«

»Meinst du wirklich? Und wenn nicht?«, fragte Svenja grimmig. »Auf dieses Risiko kann ich mich nicht einlassen. Außerdem bin ich noch nicht am Ende mit meinem Plan.«

Stimmt, dachte Jonas, der Verzweiflung nah. Sicher wollte sie auch an Palms Frau, die ihrem Glück im Wege gestanden hatte, Rache nehmen, indem sie sie mit der Herausgabe des Rezepts erpresste!

Jonas musste einsehen, dass er es mit einer völlig skrupellosen Gegnerin zu tun hatte. Wahrscheinlich verbarg sich hinter der Fassade der smarten, attraktiven Marketingfrau eine gewissenlose Egomanin, der es von Anfang an nur um ein Ziel gegangen war: Sie hatte es auf Jakob Palm abgesehen, wollte ihn mit Haut und Haaren für sich gewinnen, um schließlich die Firmenleitung und damit die Macht über den Betrieb an sich zu reißen. Ihr blinder Ehrgeiz hatte sie zur Verbrecherin gemacht – und Jonas war ihr in seiner hilflosen Situation ausgeliefert.

Während er sich nur noch einen halben Meter vom Ofenrohr entfernt befand und sich seine Schuhsohlen durch die sengende Hitze aufzulösen begannen, startete er einen letzten Versuch, seine Haut zu retten: »Wenn du mich losmachst, sage ich zu deinen Gunsten vor Gericht aus!«

»Wie denn?« Svenja stieß ein raues Lachen aus. »Indem du denen erklärst, was für ein Unmensch Jakob Palm gewesen ist? Dann wird man dich fragen, warum du ihn nicht selbst getötet hast.« Sie lachte erneut. »Nein, nein, Jonas. So leid es mir tut: Du wirst deinen Flieger nicht erwischen. Denn heute ist dein Todestag.«

Die Glut griff mit brandheißen Tentakeln nach seinen Beinen. Jonas schwitzte aus jeder Pore und starrte in den Höllenschlund nur wenige Zentimeter vor ihm.

Es war aus und vorbei. Er konnte mit seinem Leben abschließen. Jede weitere Diskussion mit Svenja hatte sich erübrigt, denn sie würde sich nicht mehr davon abbringen lassen, ihn dem Hitzetod auszuliefern.

Die Angst schnürte ihm die Kehle zu, als seine Füße den glimmenden Tunnel erreichten. Er wand sich im fiebrigen Bemühen, seine Fesseln zu lösen. Doch je heftiger er sich bewegte, desto stärker schnitt das Plastik der Kabelbinder in seine Gelenke. Es hatte keinen Zweck, sich länger zu wehren. Das Ende nahte unaufhaltsam.

In dem Moment, in dem er glaubte, von der sengenden Hitze verzehrt zu werden, passierte es: Wie von Geisterhand wurde das Band gestoppt. Gleichzeitig glühten die Hitzestäbe in der Ofenwand aus. Auf der Suche nach der Ursache für die unverhoffte Wendung sah er sich um und erkannte, wem er seine Rettung zu verdanken hatte!

Ofenmeister Heiko höchstpersönlich stand plötzlich in der Halle. In seiner Armbeuge hielt er Svenja fest, die keifte und mit ihren Füßen nach ihm trat, was dem stämmigen Kerl nicht das Geringste ausmachte.

»Hatte so ein verdächtiges Bauchgefühl«, erklärte er. »Deswegen bin ich nach Dienstschluss hiergeblieben.«

»Danke!«, sagte Jonas voller Erleichterung, während Heiko ihn mit einer Kneifzange losschnitt.

»Was wird jetzt aus ihr?«, fragte der korpulente Ofenmeister und zeigte auf Svenja, deren Handgelenke nun er mit Kabelbindern zusammenschnürte – aber nicht, bevor er das geheime Lebkuchenrezept aus ihrer Handtasche genommen hatte. »Wenn wir sie der Polizei ausliefern, kümmert sich niemand mehr ums Marketing«, sagte er mit einem ironischen Lächeln.

»Das Marketing wird ohnehin überschätzt«, meinte Jonas augenzwinkernd. »Ich überlasse sie dir. Denn ich muss dringend zum Flughafen. Habe eine Verabredung mit dem Weihnachtsmann – in der Karibik!«

Reif für die Insel – (k)ein Fall für Paul Flemming

Sorgsam faltete er das hellblaue Hemd und legte es auf die Bermudashorts in seinem Koffer. Während Paul Flemming packte, dachte er über den brutalen Mord nach, der ganz Nürnberg in Atem hielt: Ein stadtbekannter Schönheitschirurg war in seiner Villa mit einer Axt erschlagen worden. Paul wusste, dass der Arzt in vierter Ehe mit einer dreißig Jahre jüngeren Frau verheiratet gewesen war. Ob sie mit der Tat zu tun hatte? Oder eine seiner Exfrauen?

Paul suchte mehrere T-Shirts aus dem Schrank und stapelte sie ebenfalls in den Koffer. In Gedanken beschäftigte er sich mit einer weiteren Bluttat: In Fürth hatten Unbekannte den Direktor eines Gymnasiums beim Joggen überfallen und massakriert. Stand der Überfall im Zusammenhang mit den Jahreszeugnissen, die vor Kurzem verteilt wurden?

Zwei Badehosen, ein Strandtuch und Flipflops landeten im Koffer. Dabei ging Paul das grausame Ende eines Erlanger Pfarrers durch den Sinn, den man erhängt im Glockenturm der Hugenottenkirche aufgefunden hatte. Zuvor hatte er sich öffentlich mit der Landeskirche angelegt und Missstände aufzudecken gedroht. Vielleicht hat ihn jemand aus Kirchenkreisen zum Schweigen gebracht, argwöhnte Paul.

Drei Kriminalfälle, die nach einer schnellen Aufklärung verlangten! Gut, dass ich nur ein Hobbydetektiv bin, dachte er, klappte den Koffer zu und fuhr in den Urlaub.